두렵기도 했지만,
떠나길 잘했어

BOKURANO JINSEI WO KAETA SEKAI ISSHU by TABIPPO

Copyright © TABIPPO, 2013
All rights reserved.
Original Japanese edition published by IROHA PUBLISHING INC.
Korean translation copyright © 2018 by THUNDERBIRD
This Korean edition published by arrangement with IROHA PUBLISHING INC.,
Kyoto, through
Honnokizuna, Inc., Tokyo, and BC Agency

세계 일주를 다녀온 이들이 말했다.

"나는 이제 다시 예전으로 돌아갈 수 없어요."

여행이, 세계가, 인생이

얼마나 흥미로운지 알게 되면

그 맛을 절대 잊지 못한다.

차라리 알지 못했던 때가 행복했을지도 모른다.

하지만 그들은 벌써 알아버렸다.

"당신은 예전으로 돌아갈 수 없을 거예요.

그래도 이 책을 마지막까지 읽겠습니까?"

→ YES or NO

비행기를 향해 한 발 내딛는 순간,

과거의 나와는 더 이상 상관이 없다.

인생 최후의 날,

후회할지 만족할지는

지금 당신이 내딛는

한 걸음에 달려 있다.

이 책은 매일 다람쥐 쳇바퀴처럼 똑같은 일상에서 뛰쳐나와

세계를 여행하며 인생을 바꾼

세계 일주자 50인과 함께 만든 여행책입니다.

인생을 바꾸는 세계 일주 여행, 출발!

「세계 일주」

그것은 '꿈'

그것은 천만 원만 저축해둔다면 **반드시** 이룰 수 있는 꿈

그것은 절대 손실 없는 **이득**

그것은 어제까지만 해도 **여름**이었던 것이 오늘은 **겨울**이 되는 것

그것은 맨해튼 거리에서 **눈물** 흘리는 것

그것은 사하라 사막에서 **별 가득한 하늘**을 보며 눈물 흘리는 것

그것은 **한 권의 책** , 여행 안 해본 사람은 한 페이지밖에 못 읽는 것

그것은 거리를 걷는 것만으로도 **모험**이 되는 날들

세계 일주

그것은 "**후회해**"라고 말하며 돌아오는 사람이 없는 여행

그것은 365일 자신이 어디에서 **무엇을 하고 있었는지 기억하며**,

일생에 한 번 있을까 말까 한 광경이 300일도 넘게 이어지는 것

그것은 많은 나라를 **사랑하게** 되는 것

마추픽추보다, 모아이보다 사람과의 **만남**에 마음이 움직이는 것

그것은 **일생의 술안주**

그것은 인생 최후의 포상이 아니라 **인생이 시작되는 계기**

그것은 '언젠가 죽음을 맞이할 때 **반드시 그날을 추억**할 만한 것'

No regre

remember

One time

Love

nibbles!

No

Dead.

Start
asking
hesitate
I CAN
Sadness
and kindness
blow
Go.
West to
East.

「세계 일주」

그것은 **'시작'**, 처음으로 자유를 경험하는 것

그것은 사람에게 **길을 열어주는 것**

그것은 구걸하는 사람에게 돈을 줄까 **망설이는 것**

그것은 **"무엇이든 할 수 있어"**라는 자신을 갖게 하는 것

가이드북에는 실려 있지 않은 **슬픔이나 따뜻함**을 만날 수 있는 것

그것은 **" 나 , 세계 일주 하고 왔어"**라고 말하고 싶은 것일 뿐

백만 번 **"가고 싶어"**라고 말할 시간이 있다면 그냥 한번 가면 되는 것

그것은 **서쪽**으로 날아가 , **동쪽**으로 돌아오는 것

그것은 인생을

바꿔주는 것

차례

인생을 바꿔준 세계 일주 여행 *How they have changed ?*

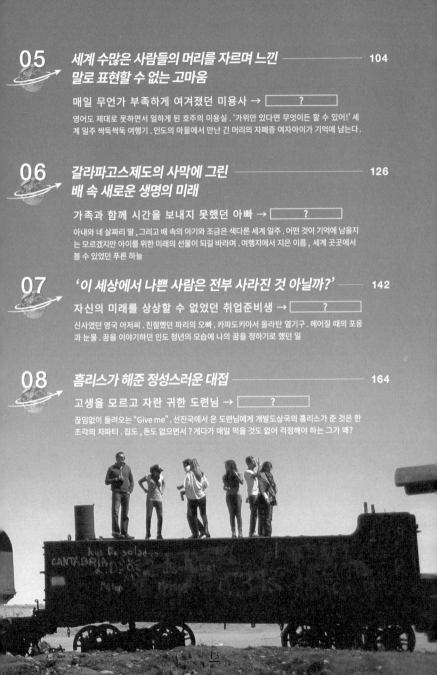

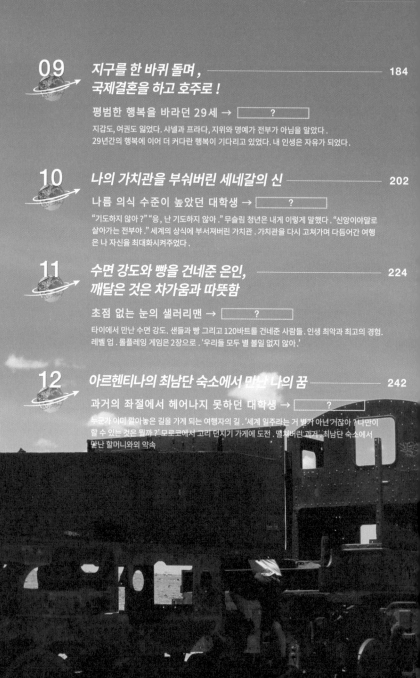

Change?

wherever you are, whatever your age.

우리의 인생을 바꾼
세 계 일 주 여 행

출발! 출발!

Change?

세계 일주 여행 루트

<in> 홍콩→마카오→중국→베트남→
라오스→태국→인도→네팔→요르단
→이스라엘→이집트→독일→오스트
리아→헝가리→체코→핀란드→영국
→스페인→모로코→안도라→포르투
갈→아르헨티나→칠레→페루→볼리
비아→멕시코→미국 <out>

01

일생의 자신감을 얻게 해준 여행

우유니 소금호수 @ 볼리비아, 인생을 바꿔준 붉은 노을

하카마다 다이스케 (당시 만 21세)/ 대학생
310일간 / 27개국

Change?

인터넷과 유튜브만 보던
히키코모리

?

나는 히키코모리 대학생이었다

세계 일주를 떠나기 전까지
나는 외부로부터 자신을 격리하는 히키코모리였다.

집에서 유튜브만 보며 지내던 그때,
대학에도 갈 수 없었다.
그저 넋 놓고 누워 방 천장을 물끄러미 바라보는 시간이 많았다.

학창 시절엔 나도 나름 우등생이었다.
초등학교 5학년 때 "당신의 꿈은 무엇입니까?"라는 질문지에 썼던
답은 '공무원'이었다.
대학도 내 의지가 아닌 선생님과 부모님의 뜻대로 선택했다.

꿈, 희망, 하고 싶은 것? 그 어떤 것도 내게는 없었다.
아니, 생각하고 싶지 않았다.
그런 것을 생각하는 순간, 수치심과 열등감이 나를 억눌러
모든 것을 멈추고 필사적으로 나약한 나를 지켜왔다.

방에 틀어박혀 지낸 지 어느덧 1년 365일.
추락한 날들에는 자극도 없지만, 변화도 없었다.

죽을 때까지 남아 있는 시간을 그저 갉아먹는 것뿐.

묵직하게 다가온 엄마의 한마디

그러던 어느 날 엄마에게서 전화가 걸려왔다.
어쩐지 예감이 좋지 않았다.
"있잖아, 학교에서 우편물이 하나 왔는데……."

'아마 학점 얘기겠지…….' 분명 크게 화를 내실 줄 알았다.
"학교도 안 가고 도대체 뭐 하고 있는 거야?"
"엄마가 무엇 때문에 그 비싼 학비를 대주고 있다고 생각하니?"
하지만 들려온 한마디는 정말 의외였다.

"널 믿어."
단지 그 한마디뿐이었다.
이제껏 그처럼 묵직하게 나에게 다가온 말은 없었다.
'이제 도망치는 것은 그만하지?'
나의 의지가 드디어 바깥으로 고개를 내밀기 시작했다.

천만 원으로 300일간 세계를 돌아다니다

방을 쭈욱 둘러보다,
문득 책장 구석에 꽂혀 있는 책 한 권이 눈에 들어왔다.
그것은 고교 시절, 하도 많이 읽어서
구멍이 뚫릴 정도로 너덜너덜해진 세계사 책이었다.
비좁은 교실에서 그려졌던 끝없이 넓은 세계.
그때 '세계 일주'라는 네 글자가 머릿속에 떠올랐다.

'더 이상 유튜브의 세계로 도망쳐서는 안 돼.'

그날부터 나의 세계 일주 도전이 시작되었다.

'대학을 휴학하고, 천만 원으로 300일 동안 미지의 세계를 여행한다.'
생애 최초의 해외여행, 도저히 상상이 되지 않았다.
세계 일주를 위해 항공권을 예약하면서도 고생이 많았다.
짐에 문제가 있었는지 수하물 검사대에서는 삐삐 소리가 울려댔다.
세계 일주가 정말로 내 눈앞에 다가오는 순간이었다.

'내가 정말 할 수 있을까? 언어가 안 통하면 어떡하지?'
'정말 다른 나라의 음식을 먹을 수 있을까? 그곳에서 잠은 잘 수 있을까?'
'정말 내가 살아서 돌아올 수 있을까?'

불안이 현실이 되다

첫 번째 나라, 홍콩에 도착했을 때 불안은 현실이 되었다.

홍콩에 발을 내딛는 순간, 이국의 향기가 났다.
사람들의 시선이 신경 쓰였다. 지나가는 사람 모두가 적으로 보였다.
이래저래 30분 여간 안내데스크 주변을 어슬렁거렸다.

"Where is the bus stop?(버스정류장이 어디인가요?)**"**
용기를 내 물어보자, 의외로 친절하게 답변을 해주었다.

버스 안에서 바깥 경치를 보고 있자니,
'드디어 모험이 시작되는구나' 하고 실감이 되었다.
그와 동시에 극심한 고독감과 불안감이 밀려왔다.
싸구려 여인숙이 밀집되어 있는 곳 앞에 도착해서 보니
낡디낡은 건물은 위태롭기까지 해 보였다.

카오스의 세계, 여행을 떠나서도 히키코모리

"korean? Japanese?(한국인? 일본인?)"
"cheap hotel! HK$100!(싼 호텔! 100홍콩달러!)"
"Just look come on.(그냥 타)."
호객을 하느라 난리였다.
흑인, 인도인, 백인, 황색인……,
다국적이라기보다 무국적이라는 표현이 딱 맞았다.

혼돈의 세계, 무서웠다.
그 자리를 피하기 위해 엘리베이터에 올라탔다.

"wait, wait, wait!(기다려, 기다려, 기다려!)"
문이 닫히려는 순간, 체격이 큰 흑인 두 명이 올라탔다.
정말 그 순간 나는 '이렇게 죽는구나' 싶었다.
하지만 의외로 그들은 부드러운 표정을 지어 보였다.
숙소에 도착했지만, 어쩐지 안도감보다는 공포가 밀려와
바깥으로 한 발자국도 나갈 수 없었다.
결국 여행을 떠나서도 나는 히키코모리였다. 눈물이 주르륵 흘렀다.
앞으로의 날들이 너무 걱정되었다.

"그 일정대로 여행해도 괜찮겠어?"

그 후 약 일주일간 숙소와 근처 식당만 왔다 갔다 하며 보냈다.
'이대로는 안 되겠어.'
나는 큰맘 먹고 숙소를 바꿨다.
그곳에서 한 아저씨를 만났다.

아저씨: "여기 다음엔 어딜 갈 거니?"
나: "세계 일주를 할 거라서 베트남, 라오스, 태국으로 갈 예정이에요."
아저씨: "중국의 4천 년 역사도 안 보고 세계 일주를 했다고 말할 수 있
겠어? 정말 그 일정대로 여행해도 괜찮겠어?"

어쩐지 분한 생각이 들었다.

"그렇다면 일정을 바꿔 중국에도 한번 가보겠습니다."

여행을 떠나기 전 세밀하게 조사했던 베트남이나 태국과 달리,
중국에 대한 정보는 아무것도 없었다.
솔직히 말해 너무 불안해서 어찌해야 좋을지 몰랐다.
하지만 묘하게 흥분되며 내 심장은 떨리고 있었다.
'앞으로 어떤 일들이 기다리고 있을까?'
'과연 나는 어떻게 극복해갈까?'

다음 날 나는 숙소를 나왔다.

세상이 이렇게 자극적이었던가

그때부터 파란만장한 일들이 일어났다.
중국으로 가는 버스 안에서 가방 도난사건이 일어났는데,
유일한 외국인이었던 내가 갑자기 범인으로 몰리게 되었다.

현지인: "네가 범인이지?"
나: "내가 왜 범인이야. 까불지 마!"

큰 소리로 상대하며 버스에서 내리고 나서
나도 모르게 웃음이 나왔다.

'내 편도 없고, 아는 사람도 없는 상황에서 까불지 마라니.'
아무튼 나는 그렇게 여행의 즐거움을 느껴가기 시작했다.
제트코스터처럼 금방금방 바뀌는 경치와 세상의 속도에
드디어 내 마음이 다가가고 있었다.
'세상이 이렇게 자극적이었던가!'

여행을 다시 생각하게 한 소녀와의 만남

일곱 번째 나라는 태국.
어쩌다 연이 닿아 2주간 일본어 학교의 수업을 돕게 되었다.
그곳에서 사코원이라는 여자아이를 만났다.
내가 수업 준비를 위해 조금 일찍 학교에 가면
그 아이는 꼭 혼자서 묵묵히 일본어를 공부하고 있었다.
나는 그 아이에게 말을 걸어보았다.

나: "왜 일본어를 공부하려고 하니?"
소녀: "일본이 좋아요. 일본에 가는 게 꿈이에요!"
나: "그러면 일주일 정도 학교를 쉬고 갔다 오면 되잖아!"

세계 일주를 즐기고 있던 나는 아무렇지 않게 이렇게 말했다.
그러자 그 아이의 얼굴이 순간 어두워졌다.

과거의 나를 처음으로 꾸짖다

소녀: "여행을 가는 건 아마 평생 불가능할걸요?"
나: "어째서?"
소녀: "그런 큰돈이 우리 집에는 없거든요. 그래서 저는 일본어를 공부하는 거예요. 일본어를 잘하면 일본에서 일할 수 있잖아요."

말문이 막혔다.
나는 경솔하게 아무 생각 없이 그런 말을 내뱉은 것을 후회했다.

'자유롭게 여행하는 것은 절대 당연한 일이 아니지.'
'그런데 그 아이가 그렇게 가고 싶어 하는 일본에서
나는 대학에도 가지 않고 도대체 뭘 하고 있었던 거지?'

나는 과거의 나를 처음으로 꾸짖었다.
그러면서 앞으로의 여행을 허투루 보내지 않아야겠다고,
최선을 다해 한 걸음, 한 걸음 나아가야겠다고 마음먹었다.

바가지 씌우는 것이 당연한 인도 사람의 눈물

그 후로도 많은 만남이 나를 앞으로 나아가게 해주었다.

여덟 번째 나라, 인도.
숙소에서 카레를 먹고 식중독에 걸렸을 때
우연히 숙소 로비에 있던 인력거 아저씨가 병원까지 데려다주었다.
몽롱한 의식 속에 아무것도 먹지 못하고 링거만 맞은 지 3일째,
어느덧 체력이 회복된 나는
아저씨에게 감사의 뜻으로 돈을 드리려고 했다.

아저씨: "필요 없어."
나: "(너무 적단 얘기인가?) 얼마 드리면 돼요?"
아저씨: "돈은 받지 않아."

나: "왜요?"

아저씨: "여기까지 온 너에게 인도 사람이 피해를 끼쳤잖아.
그러니까 난 같은 인도 사람으로서 너를 위해 일한 것뿐이야."

아저씨의 눈에는 엷게 눈물이 고여 있었다.

'일부러 여기 타지마할을 찾아준 너에게 고통을 주어서 미안해.'

하나하나의 만남이 나를 변화시키다

인도 사람이라고 하면 일단 거짓말 잘하고,
바가지 일색이라는 편견이 한순간에 휙 날아가버렸다.
잠깐이나마 더 많은 돈을 요구하는 것은 아닌지 의심을 했던
나 자신이 정말 한심하게 느껴졌다.

하나하나의 만남이
히키코모리 대학생이었던 나를 여행자로 바꾸어주었다.
한 사람, 한 사람이 건네준 말들이
조금씩 내 인생을 좋은 방향으로 이끌어주었다.

내 인생을 바꾼 기적의 절경

무엇보다 내 인생을 바꿔준 것은
남미 볼리비아에 있는 우유니 소금호수의 경치였다.

표고 3,700미터의 안데스 산맥 위에 있는 우유니 소금호수에는
새하얀 소금대지와 새파란 하늘이 끝없이 펼쳐져 있다.
소금대지에 비가 내리면 엷게 드리워지는 수면에
파란 하늘도, 새하얀 구름도, 반짝이는 태양도
완벽하리만큼 거울처럼 반사된다.
'사람이 유일하게 하늘 위를 걸을 수 있는 장소', '죽기 전에 가볼 수
있는 천국', '세상에서 가장 특별한 기적' 등으로 여행자들 사이에서
유명한 장소다.

사실 우유니 소금호수는 내가 세계 일주를 출발하기 전부터
유일하게 '여기는 꼭 갈 거야!'라고 정해둔 장소였다.
유튜브에서 본 우유니 소금호수의 영상은
방에만 들어박혀 피폐해져 있던 나의 마음을
순식간에 사로잡을 만큼 멋있었던 것으로 기억한다.

버스로 약 40시간, 고산병과 싸워가며
나는 칠레의 수도 산티아고에서 꿈에 그리던 그곳으로 향했다.

40시간 후 나는 기다리고 기다리던 그곳에 섰다.

하지만 그곳에, 기적의 경치는 존재하지 않았다.

비가 전혀 내리지 않은 탓에 소금대지는 하늘을 비춰주지 않았다.

무정하게도, 벌써 귀국일이 2주밖에 남지 않은 시점이었다.

다음 날까지 여기를 떠나지 않으면 집으로 돌아갈 수 없었다.

완전히 닫혀 있던 어두운 히키코모리의 세계에서

나를 끌어내 여기까지 오게 한 우유니 소금호수의 절경.

'300일간 세계 일주를 했는데, 꿈에 그리던 소금호수를 보지 못하고

이대로 여행을 마쳐야 하다니…….'

귀국을 한 달 연장하다

포기할 수 없었다. 그래서 나는 결단을 내렸다.

'그래, 귀국을 한 달 연장하자.

돈도 바닥나기 시작했지만,

절대 우유니 소금호수만큼은 양보할 수 없어.'

나는 2주간 볼리비아의 수도 라파스에서 비가 내리길 기다렸다.

어느 날 우유니 소금호수를 다녀온 여행자가 말했다.

"지금 우유니 소금호수의 거울장막이 한창이야."

나는 곧바로 우유니 소금호수행 버스에 몸을 실었다.

열 시간 남짓 지나 드디어 우유니 마을에 도착한 나는
바로 밴으로 갈아탔다.
여러 가지 걱정이 들었다.
'물이 증발해버렸으면 어쩌지? 더 이상 귀국을 늦출 수도 없는데.'

그렇게 걱정하고 있는 사이 밴이 급정차했다.
모든 사람들이 나를 앞질러 내렸다.
"우와!"
나도 모르게 숨이 멎는 듯했다. 주위가 온통 거울장막의 세계였다.

조바심 내며 서두를 필요도 없었다.
360도, 하얀색과 푸른색만이 존재하는 세계.
눈 깜박일 새도 없이 구름의 형태가 시시각각 변해갔다.

처음으로 석양을 보며 눈물을 흘리다

새파랗던 세계가 차츰 황색이 되고,
다시 핑크가 되어 지평선의 노을이 온통 새빨갛게 물들어갔다.
눈물이 멈추지 않았다.
내 인생에 처음으로 석양을 보며 눈물을 흘렸다.

불과 몇 달 전까지만 해도 방 안에서 회색빛의 천장만 바라보던
내가 지구 반대편에서 새빨간 석양을 보고 눈물을 흘리고 있다니…….

히키코모리였던 내가 세계 일주 여행자가 되어
자신의 발로, 자신의 의지로 걸어 여기까지 왔다.

계속 바라보며 기다리기만 할 텐가?

만일 지금의 내가 예전의 나를 만난다면 이렇게 말할 것 같다.

"숨이 멎을 듯한 절경을 동영상으로 볼 수도 있겠지만,
그것으로 마음까지 동요되지는 않아.
그것만으로 눈물을 흘릴 수는 없어.
그래도 계속 바라보며 기다리기만 할 거니?"

세계 일주 여행은 나 자신과의 싸움이었다.
마약에 빠져 있던 여행자들, 병역의 의무로 고뇌하던 한국인 청년,
사하라 사막에서 올려다본 밤하늘,
샌프란시스코 해안에서 바라본 태평양,
"언젠가 꼭 자유롭게 세상을 여행하고 싶어"라고 말하며
장벽 안에서 살아가는 팔레스타인 아이들의 눈빛.

나는 누구이며, 무엇을 하고 싶어 하고, 어떤 인생을 살아가고 싶은 걸까?
생각할 시간은 얼마든지 있고,
생각할 계기도 얼마든지 있었다.
방에 틀어박혀 현실과 단절될 수만은 없어
아무리 싫어도 생각할 수밖에 없었다.
나 자신과 맞서는 것에서 도망치지 않고, 진심으로 고민했다.

덕분에 집으로 돌아온 뒤의 내 모습이 조금은 기대가 되었다.

공항에 도착한 순간,
나는 여전히 여행을 온 듯한 느낌이었다.

"어서 와!" "다녀왔습니다!"

입국심사를 마치고,
10개월 전과 같은 형태의 스탬프를 받았지만 어쩐지 느낌은 달랐다.
드디어 게이트에 도착!
여느 때 같았으면 시내로 들어가는 버스나 지하철을 찾았겠지만,
이날은 평상시와 달리 누군가를 찾고 있었다.
나를 향해 반갑게 손을 흔들어주는 사람들이 눈에 들어왔다.
친숙한 얼굴들…….

"어서 와!"
그 한마디를 들은 순간, 긴장의 끈이 풀렸다.
배낭을 내리자 그 무게감과 함께,
이제껏 나 자신을 짓누르고 있던 것들이 휙 사라졌다.
"다녀왔습니다!"
'드디어 내가 돌아왔구나.'

세계 일주, 히키코모리였던 나도 가능했다

세계 일주,
이 네 글자가 이루지 못할 꿈처럼 느껴질 수도 있다.
하지만 히키코모리였던 나도 해냈다.
이를 계기로 하고 싶다고 생각하면
반드시 이룰 수 있다는 것을 깨달았다.
여행을 통해 얻은 자신감은 틀림없이 평생 나와 함께할 것이다.

대학에도 제대로 다니지 않았던 내가 사회인이 된 지금은
쉬는 날을 활용해 정기적으로 여행 이벤트를 개최하거나,
히치하이킹으로 큐슈를 여행하면서
365일을 풀가동하며 하루하루를 활기차게 보내고 있다.

방 안에 누워 천장만 멍하니 바라보며 시간을 허비하던 내가
단 한 번의 인생을 후회 없이, 하고 싶은 것을 하며,
최선을 다해 살아가는 사람으로 바뀌었다.

처음 한 걸음만 떼면
과거에서 벗어날 수 있다

310일간의 여행은 나에게 새로운 인생의 시작이었다.

처음 한 걸음만 떼면
과거에서 벗어날 수 있다.
만나는 경치나 사람, 많은 일들이 알아서 뒤에서 밀어준다.
세계 일주? 누구라도 할 수 있다.

내가 310일에 걸쳐 세계를 걸어다녔다는 사실은
앞으로 몇 년이 지나도
한 번뿐인 이 인생을 후회 없이 살아가는 데
힘이 되어줄 거라 생각한다.

세계 일주 여행 루트

<in> 필리핀→인도네시아→말레이시아→태국→캄보
디아→베트남→라오스→미얀마→인도→네팔→프랑스
→아일랜드→독일→스웨덴→핀란드→라트비아→리투
아니아→이탈리아→모나코→스페인→영국→이집트→
우간다→탄자니아→케냐→에티오피아→예멘→요르단
→시리아→터키→그리스→불가리아→마케도니아→알
바니아→몬테네그로→크로아티아→보스니아 헤르체고
비나→세르비아→루마니아→덴마크→아르헨티나→칠
레→브라질→파라과이→볼리비아→페루→멕시코→과
테말라→미국 <out>

스스로 만들어가는 인생의 즐거움을 알게 해준 여행

인생을 건 신혼여행, 'Smile Earth Project'

요시다 유우키 (당시 만 26세) / 회사원
700일간 / 49개국

Change?

주말을 위해 주중에는 죽어라
일만 하던 회사원

?

주말을 위해 평일 동안 죽어라 일만 하는 인생

"다 팔 때까지는 돌아올 생각도 하지 마."
"못 팔면 너의 가치 또한 없는 거야."
'이런 말은 뭐, 이제 아무렇지도 않다.
난 그저 평범한 샐러리맨이니까.'

회사에서 시키는 대로 일하며, 매일 실적에 쫓기는 일상.
그렇다고 특별히 불만도 없었다.
샐러리맨인 이상 당연하다고 생각했다.
'일이란 다 그런 거야.' '돈이란 건 이렇게 버는 거야.'
'토, 일을 위해 평일 동안 죽어라 일만 해야 해.'
스물여섯 살 겨울까지 나는 이것이 내 인생이라고 생각했다.

그랬던 내가 세계 일주를 한 이유?
계기라고도 말할 수 없을 만큼 시시한 이유?
"나 세계 일주 하고 싶어."
해외여행은 패키지로밖에 가본 적 없던 여자친구 '하나'가
갑자기 던진 말이었다.
나는 그래도 학창 시절에 태국으로 혼자 여행을 한 적이 있었다.
그때 느꼈던 문화적 충격,
내가 자라고 살아온 곳과 전혀 다른 분위기,
내 주위에 외국인밖에 없었던 것에 놀랐던 일은
지금까지도 생생히 기억한다.

'그때의 느낌을 세계 곳곳에서 느낄 수 있다면 얼마나 멋질까?
그것을 하나와 둘이서 이룰 수 있다니, 정말 멋지겠는데?'

다시 현실적인 문제,
대체 언제 가는 것이 최적일까?

'아무런 리스크가 없다면 꼭 가고 싶어.
하지만 사회에 발이 묶여 있는 지금, 리스크는 반드시 있을 테지.
자, 그럼 현실적인 문제, 대체 언제 가는 것이 최적일까?
정년퇴직 후 노후에 여유 있게? 하지만 체력이…….
서른 정도에 이직을 하고 나서? 그 타이밍이 좋을지도 모르겠는데?
하지만 서른이 넘으면 하나가 아이를 낳기에 늦으려나?'

이렇게 저렇게 생각해보니,
결국 지금 가는 것이 최상이란 생각이 들었다.

'지금이라면 사회로부터 잠시 탈선해도
돌아와서 다시 일자리를 찾을 수 있지 않을까?
20대에 세계 일주를 하고, 서른 무렵에는 아이를 낳고…….
이 정도면 행복한 인생 아니야?
내가 사회로부터 벗어나 있어도,
어느 순간이나 하나가 나와 함께해줄 테니까 가능하지 않을까?'

생각을 하면 할수록 세계 일주의 꿈은 더욱 커져만 갔다.
우리 둘은 약속했다.

"우리 은행에 1년 동안 적금을 붓자."
"만약 1년 뒤 세계 일주에 대한 열망이 식으면
그 돈으로 결혼식을 올리는 거 어때?"

인생을 건 신혼여행

그로부터 1년 뒤,
나는 하나와 혼인신고를 하고 그날 바로 공항으로 향했다.
출발하던 날, 하나와 하나의 어머니는 눈물을 흘렸다.
그 모습을 지켜보던 나도 눈물이 났다.

하나가 말했다.
"엄마가 우는 모습 처음 봐."

물러설 수는 없었다. 마음을 먹은 이상 시작할 수밖에 없었다.
인생을 건 신혼여행으로 우리 둘은 크게 한 걸음 내딛었다.

"여행의 테마는 무엇으로 하지?"

'그냥 여행을 하는 것도 좋지만,
테마가 있다면 더욱 값지지 않을까?'
우리는 세계 일주를 시작할 즈음 더욱 많은 이야기를 나눴다.
솔직히 귀국 후 무얼 할지에 대한 불안감이 너무 컸다.

결론은, 무엇을 하든 최선을 다하면
나중에 직업으로 삼을 수도 있고, 더 잘되지 않을까 싶었다.
시행착오 끝에 우리만의 오리지널 티셔츠를 판매해,
그 수익금을 현지에서 만난 어려운 사람들을 위해 쓰기로 결정했다.

'Smile Earth Project'에 시동을 걸다

티셔츠는 한 장에 2만 5천 원.
원가가 만 원 정도이고, 배송비도 드니까
한 장당 만 원 정도 이익이었다.
내 생각을 전해 들은 사람들이 티셔츠를 사주면
여행 중 만나는 많은 사람들을 위해 그 돈을 쓰기로 했다.

학창 시절, 아시아를 여행하며 봤던 걸인들의 존재나 빈부의 격차.
'내가 할 수 있는 일은 어떤 것이 있을까?'
블로그를 만들며 그 생각을 알리자,
많은 사람들이 티셔츠를 사주었다.
그 돈을 받은 순간, 'Smile Earth Project'라는
우리의 세계 일주 여행이 시작되었다.

탄자니아의 자유학교에는 칠판을,
인도의 초등학교에는 커다란 패널에 아이들의 사진을,
우간다의 고아원에는 학교 건물의 벽을 다시 칠해주고,
벽면에 세계지도를 그려주었다.

일단 시작하면 어떻게든 된다

잘 모르더라도 일단 시작만 하면 의외로 어떻게든 되어
몇몇 곳에서는 뜻하지 않은 큰 성과를 얻기도 했다.

티셔츠를 판매해 번 돈을 처음 사용한 곳은
캄보디아의 수도 프놈펜에 있는 자유학교였다.
이 학교에서는 약 한 달간 신세를 졌다.

역시 어딜 가든 처음에는 걱정 반, 기대 반.
하나와 나, 둘 다 봉사활동을 해본 적이 없었기 때문에 걱정이 더 컸다.
그런 마음을 알아챘는지 아이들이 먼저 가까이 다가와주었다.

무엇을 어떻게 해야 할지 잘 몰랐던 우리는
일단 눈앞에 있는 아이들과 열심히 놀기 시작했다.
그러던 어느 날 사건이 일어났다.

캄보디아에서 숨바꼭질 챔피언이 되다

나는 아이들과 함께 숨바꼭질을 하며 놀았다.

정말 필사적으로 숨었다.

공간이 좁아 숨을 곳도 마땅치 않았다.

내가 했던 숨바꼭질 중 가장 고난도의 숨바꼭질이었다.

내가 숨었던 곳은 큰 항아리인지, 드럼통인지 모를 물건 뒤.

의외로 발견되기까지 시간이 걸렸다.

'앗, 냄새!' 문득 어떤 냄새가 코를 찔렀다.

그 순간 술래에게 잡혀 숨바꼭질은 끝이 났다.

하지만 난 정말 멋지게 가장 최후까지 살아남은 덕분에

숨바꼭질 챔피언이 되었다. 야호!

그날 밤, 선생님들과 이야기를 나누다

숨바꼭질을 하며 맡았던 그 냄새의 정체를 알게 되었다.

선생님: **"이 학교에는 화장실이 없어요.** 참을 수 없을 때에는 주인집 화장실을 빌려 쓰기도 하지만, 아이들은 좀 그런가 봐요. 그래서 남자아이들은 항아리 주변에 실례를 하지요."

나: "그, 그렇군요."

'그럼 아까 내가 숨었던 항아리가 화장실 대용이었던 건가?

그래서 술래가 찾으러 안 왔던 거구나…….'

선생님: "아이들이 그곳에서 뛰어놀기 때문에 위생적으로 안 좋지요."
나: "그렇겠어요. 그런데 화장실 설치를 할 수 없는 건가요?"
선생님: "뭐, 설치할 수 없는 건 아닌데……."
나: "얼마 정도 들어요?"
선생님: "150달러는 들어요."
나: "네? 150달러면 설치할 수 있는 거예요?"

'뭐야, 티셔츠 열다섯 장분이잖아?'

티셔츠 열다섯 장분의 화장실

수도관 공사, 변기 설치, 화장실용 수도, 문, 타일,
게다가 부탁도 하지 않았는데 기꺼이 샤워기까지!
목수도 함께 일하는 조건(나도 도와주는 조건)으로 약 15만 원.

티셔츠를 팔아 모은 돈을 처음으로 사용한다는 기쁨과 함께
모두가 즐거워할 모습을 떠올리자 나도 모르게 행복한 미소가 지어졌다.

영차!

"꼭 다시 이곳 캄보디아에 놀러 오세요"

반짝반짝한 화장실이 완성되자 모두 기뻐하며 환호했다.
새하얀 벽은 아이들의 손도장으로 화려하게 물들었다.

마지막 날, 너무 아쉽고 슬퍼서 나는 큰 소리로 울어버렸다.
일본어로 편지를 써준 아이도 있었다.

"아직 일본어를 잘하지는 못해요.
유우키 씨, 아오이 씨랑 더 많이 이야기 나눌 수 있도록
일본어 공부를 열심히 할게요.
꼭 다시 이곳 캄보디아에 오세요."

캄보디아라는 곳이 좀처럼 쉽게 갈 수 있는 곳은 아니지만,
나는 반드시 또 오겠다고 약속했다.

우리들을 못마땅해하는 사람들도 있었다.

"봉사활동을 놀이로 착각하지 마라."
"위선자, 죽어버려!"
"그런다고 이 나라가 바뀔 것 같으냐?"

이런 말을 우리 블로그에 써놓기도 했다.

그럼에도 우리는 활동을 계속 이어갔다.
아무것도 하지 않았다면 아무것도 몰랐을 테니까.

일도, 돈도 주어진 것을 받기만 하던 내가...

나는 그저 기분이 좋았다.
평범한 샐러리맨으로서 일도, 돈도
그저 주어진 대로 받기만 하며 살던 내가
스스로 아이디어를 내서 사람들에게 기쁨을 전해주다니……

이 무렵이었을까?
'**우리나라로 돌아가면
모두가 행복해질 수 있는 일을 하면 좋겠다**'고 생각한 것이.

그리고 캄보디아를 떠난 후에도
여러 곳곳의 학교나 마을에서 들었던 말이
귀국 후 우리의 꿈을 형상화시켜주었다.

모두가 함께 만드는 Wedding Party!

한번은 말레이시아를 오가며 현지에서 가끔 만났던 커플의
결혼식에 초대를 받았다.
수도 쿠알라룸푸르에서 차로 약 세 시간 거리.
그곳은 인구 약 100명 정도의 작은 마을이었다.
결혼식은 앞으로 일주일 후.
벌써 마을 전체가 두 사람의 결혼을 축복하는 마음으로 가득했다.
마을의 어른들은 모두 하나가 되어
무대를 만드는 일에 여념이 없었다.
그곳에서 닭을 굽고 꽃도 장식하고,
어른들이 준비를 하고 있는 동안
형들, 누나들은 자신보다 어린 아이들을 돌보았다.
나는 매일 아이들과 놀아주기 담당이었다.
결혼식 당일 아침부터 벌써 다들 내 일처럼 신이 나 있었다.
이 마을 사람들의 따뜻한 인정에 나는 큰 감동을 받았다.

어느새 헤어지는 날이 다가왔다.
신랑과 신부의 부모님들은 우리에게 이렇게 말씀해주셨다.

**"너희는 이제 이 마을 가족이야.
그러니까 오고 싶으면 언제든 오렴."**

우리가 만난 세계 속의 가족

"너희는 이제 가족이야. 언제든 와."

이보다 기분 좋은 말이 또 있을까?
우리는 세계 곳곳에서 이런 말을 들었다.

흔히 '가족'이라고 하면 아버지, 어머니, 자녀,
소위 혈연관계로 맺어진 사이를 말한다.
하지만 우리가 만난 세계 속의 가족은
더욱 큰 의미를 가지고 있었다.
어른들은 모두 아버지, 어머니가 되고,
아이들은 모두 아이가 되고,
마을 사람 전체가 가족인 것이다.

요즘 우리는 이웃에 누가 살고 있는지조차 잘 모른다.
아무리 돈이 많아도 이야기를 나눌 상대가 없다면?
곤란한 상황에 처해도 도와줄 누군가가 곁에 없다면?

'그렇다면 물질적으로 풍요로워도 마음은 가난해지기 마련이다.'

나는 우리나라에서 '가족'을 만들어야겠다는 생각을 하게 되었다.

'거창하게 나라를 한번 변화시켜보자라고까지는 말할 수 없지만,
어쩌면 내 주변에 있는 사람 정도는 행복하게 해줄 수 있을지 몰라.
그렇다면 또다시 그들이 그 주위 사람들에게 행복을 전해주고……'

언젠가 세상이 그렇게 행복으로 물들어갈 수 있을 거라는 생각이
들었다.

카페&바, 'Smile Earth' 오픈

귀국 후 우리는 카페&바, 'Smile Earth'를 오픈했다.
한 달 반에 걸쳐 우리 손으로 직접 내부를 꾸미는 동안
100명이 넘는 사람들이 도움을 주었다.
"안녕하세요! 블로그에서 보고 왔습니다!"라며 찾아온 사람도 있었다.

아직 오픈 전이었음에도
우리는 'Smile Earth'의 성공을 확신했다.
'살짝 불안하기도 했지만……'

지금은 이 가게에서 인연을 맺어 함께 여행을 가는 사람도 있다.
때론 해외에서 시간과 장소를 정해 만나기도 하고,
지구 반대편에서 오며 가며 우연히 만나게 되는 경우도 있다.
커플도 벌써 몇 십 쌍이 이루어졌다.

항상 이곳에 온 이들은 모두가 즐겁게 술을 마신다.
내가 손님들에게 받고 있는 것은 물론 음식 값이지만,
내가 손님들에게 제공하고 있는 것은
그 음식에서 생겨나는 '웃음'과 '행복'인 것이다.

스스로 행복하다고 생각하고, 옳다고 생각하는 것을
직업으로 삼으면서 주위 사람들도 기뻐해주고,
돈도 벌 수 있는 것처럼 멋진 일이 또 있을까?

세계 일주를 하기 전에 말했던
미래가 현실이 되다

'그냥 여행을 하는 것도 좋지만,
테마가 있다면 더욱 값지지 않을까?'

세계 일주를 하기 전 하나와 이야기했던 미래가 현실이 되었다.

지금 나는 'Smile Earth'의 오너로서
행복한 나날을 보내고 있다.
여행 중 만난 친구들, 현지에서 만난 사람들,
블로그를 통해 우리가 하고 있는 일을 응원해주는 많은 분들,
그 모든 만남과 인연 덕분에
나는 오늘도 이렇게 이곳에 서 있다.

700일 동안 49개국,
세계를 모험했던 느낌 그대로

평범한 샐러리맨이었던 나의 인생은
세계 일주를 하면서 확 바뀌었다.
그때 일을 잃는다는 두려움을 딛고
세계 일주를 선택한 이후
하나둘 새로운 것들이 보이기 시작했다.
당장 눈앞의 일들을 처리하는 데 급급해 한쪽으로 제쳐두었던
나 자신의 행복을
나는 다시 한 번 진지하게 생각할 수 있게 되었다.

700일간 49개국을 돌며 하나와 둘이서 세계를 모험했던
느낌 그대로 앞으로의 인생도 모험해가며 헤쳐나가고 싶다.
물론 불안한 마음도 있지만 여행 중 느꼈던 불안들도
지금에 와서 생각해보면 모두 좋은 추억이었다고 할 수 있으니까.

여행은 인생의 축소판

여행은 인생의 축소판, 난 그렇게 생각한다.
총을 가진 사람들에게 감금을 당하기도 했다.
사기를 당해 돈도 빼앗겨봤다.
하나가 몇 번이고 병원에 입원해 많이 걱정도 되었다.
하지만 다행히 다치거나 상처 입지 않고 무사히 귀국할 수 있었다.
믿었던 사람에게 배신을 당해 절망을 느꼈던 그 순간에도
앞을 향해 걷다 보니 전부 극복할 수 있게 되었다.

힘들거나 싫었던 일들도 많았지만,
지금은 그 모든 것이 웃으며 이야기할 수 있는 좋은 추억이 되었다.
왜냐하면 정말 살아만 있다면 못할 것이 없으니까.
앞으로 넘어야 할 인생의 산들에서 만날 어떤 불안도, 실패도
언젠가 반드시 좋은 추억이 될 거라고 믿으니까.

회사원이라는 타이틀이 직업이라고 생각했던 내가
머릿속으로만 꿈꿔온 공간에서 일하게 될 줄은 생각도 못했다.
나에게 주어진 일을 해나가는 것이 인생이라고 생각했던 나는
인생이란 스스로 만들어가는 것이라는 사실을 미처 몰랐다.

세계를 넓혀가며 더욱 커다란 꿈을 꾸다

올가을, 우리는 셰어하우스를 오픈했다.
"너희는 이제 가족이야. 언제든 이곳에 오렴."
앞으로 새로운 인생을 시작하려는 많은 여행자들에게
언제든 그렇게 말해줄 수 있기를 바라며.
나는 앞으로도 많은 사람들과 웃음을 공유하면서
행복한 공간을 만들어가며 살아가고 싶다.

점점 세계를 넓혀가며 우리는 더욱 커다란 꿈을 꾸고 있다.

세계 일주 여행 루트

<in> 미국→볼리비아→페루→
아르헨티나→스페인→터키→요
르단→이스라엘→홍콩→인도→
방글라데시 <out>

03

사회와 어른들에 대한 불만을 없애준 여행

"빈과 부, 이 마을에는
두 종류의 인간만 있어요"

고야마 아이 (당시 만 21세)/ 대학생
281일간 / 11개국

Change?

자신이 서 있는 곳을
숨막혀하던 여대생

?

"죽을 장소 정도는 생각 좀 하지"

어느 날 전철을 타고 가는데 인명사고가 났다며 갑자기 멈춰 섰다.
그때 나이도 먹을 만큼 먹은 샐러리맨이 혀를 차며 불만을 표출했다.
"죽을 장소 정도는 생각 좀 하지."

타인을 배려할 여유도 없을 정도로 각박하게 사는 양복 차림의
그들에게 의무나 책임을 지게 하고 싶지는 않다는 생각이 들었다.
앞으로 준비해야 할 취업활동에서도 모순을 느꼈다.
노력 끝에 사회에 나가도
졸업자의 3할이 3년 이내에 그만둔다니…….

부와 건강을 누리기 좋은 환경임에도
자살하는 사람이 점점 늘고 있는 현실.
그렇게 자신이 하고 있는 일에 자긍심도 없으면서 일에 파묻혀서
정작 소중한 것을 놓치고 싶지는 않았다.

원래부터, 나는 세계 일주를 할 만큼 대담한 성격도 아니었다.
고교 시절, 나는 갑상선 기능 항진증에 걸린 적이 있다.
갑상선이 붓고, 호르몬 이상에 의해 다양한 증상이 나타났다.
보통의 고등학생들과 같은 학창 시절을 보내고,
무난하게 대학에 들어가
대기업은 아니어도 중간 정도의 회사에 취직해 결혼하는 것,
그런 평범한 생활조차 그때는 바랄 수 없었다.

그저 내가 제대로 숨 쉬며 살아 있고,
주위에 소중한 사람이 함께한다면 행복한 것이라는 사실도
그 병에 걸린 덕분에 깨달았다.
다행히 난 건강을 회복하고 대학생이 되었다.

하지만 수업은 빠지기 일쑤였다.
나에게는 아무런 희망도 없었다.
'아, 답답해, 이상하네.'
내가 있는 이 나라를 좀처럼 좋아할 수 없었다.

"세계 일주 항공권을 사면 되잖아"

'그러면 환경을 바꾸는 게 낫지 않을까?'
해외에서 생활해보고 싶다는 생각이 들었다.
나는 대학을 휴학하고, 해외 인턴 자리를 찾아보기로 했다.
그리고 부모님께 천만 원을 빌렸다.

"대학생에게는 돈은 없지만 시간은 있습니다.
하지만 사회인이 되면 돈은 있지만 시간이 없습니다.
그러니까 지금의 저에게 무이자로 투자해주십시오."

그렇게 부탁드리자 흔쾌히 승낙해주셨다.
남미 여기저기를 찾아본 후 볼리비아라는 나라로 가기로 했다.

볼리비아행 항공권은 생각보다 비쌌다.
한참 고민하고 있는 나를 보고 어머니가 한 말씀 하셨다.
"세계 일주 항공권을 사면 되잖아?"

'아, 그런가?' 나도 모르게 수긍하고 있었다.
400만 원, 볼리비아행 왕복 항공권과 비슷한 금액이었다.
엄마의 한마디로 나는 인턴을 마치고
지구 한 바퀴를 돌아 귀국하기로 했다.

내가 동경하던 볼리비아에서의 날들

볼리비아에서 홈스테이를 하며 보낸 날들.
아침마다 새로운 하루를 맞이하며 키스나 포옹으로 인사를 한다.
시에스타(낮잠)나 파티가 당연한 일상.
점심이 되면 모두 집으로 돌아가 손수 준비해 식사를 하고
낮잠을 청한 뒤 다시 직장이나 학교로 간다.
토요일 밤에는 평소보다 화려한 복장을 하고 친구들과 술을 마시고,
일요일 낮에는 정원에서 바비큐 파티.
아버지는 즐거운 듯 고기를 굽는다.

딱 내가 동경하던,
일, 사생활, 인간관계까지, 어느 것 하나 빠뜨리지 않고 즐기는 생활이었다.

하지만 현실은 '남과 북으로 나뉜 거리.'
도저히 납득할 수 없었다.
더없이 좋아 보이는 그 집에서 한 발자국만 나가면
전혀 다른 광경이 내 눈앞에 펼쳐졌다.

한마디로 구역이 빈부로 나뉘어져 있었다.
북으로 가면 풀장이 딸린 호화저택이 늘어서 있었다.
하지만 남쪽으로 가면 길이 제대로 정비되어 있지 않아
차가 덜커덩거리며 흔들리고,
물가는 물론 치안도 불안정하고,
거리에 쓰레기가 넘쳐나 악취가 풍겼다.

눈앞에 놓인 것은 인정할 수 없는 현실

"위험하니까 남쪽으로는 절대 가면 안 돼."
호스트에게서 몇 번이고 이런 말을 들었다.

가끔씩 시위로 도로가 봉쇄되고,
사람들의 긴 행렬이 인도를 점거하기도 했다.
경찰과 시위 부대가 충돌해 집 밖으로 나갈 수 없는 때도 있었다.
텔레비전에서는 내가 가본 적 있는 도로에 최루탄이 날아들어,
언젠가 지나가다 마주친 적 있을 수도 있는 누군가가 울고 있었다.
영화처럼 느껴졌다.
도저히 바로 옆에서 일어나고 있는 광경이라고 믿을 수 없었다.
그 차이를 인정할 수가 없었다.

홈스테이 첫날 있었던 일이 지금도 생각이 난다.
당시 아이스크림 가게에서 나와 차에 타자마자
호스트가 밖에 있던 남자아이를 향해 동전을 던졌다.
돈을 던진 이유를 묻자, "차를 감시해주었으니까"라고 말했다.

"이곳에는 두 종류의 인간이 있어"

나는 아이가 학교에도 가지 않고 차를 봐주고 돈을 벌고 있는 이유,
남쪽으로 가서는 절대 안 되는 이유 등
의문을 갖고 있던 것에 대해 계속 물었다.

그는 이렇게 답했다.
"이곳에는 두 종류의 인간이 있어."

당연하다는 듯이 그렇게 말하는 그에게 화가 났다.
상식 밖의 사람이라는 생각도 들었다.
하지만 다시 곰곰이 생각해보니
내가 화가 나는 것은,
신분의 격차가 적은 나라에서 자란 내가
차별을 금기시 여겨왔기 때문이란 것을 알았다.

나는 결국 혜택 받은 환경에서 살아온 것이었다.

우리나라에 있던 때의 나 자신을 다시 돌이켜보았다.
한때 병에 걸렸던 내가 건강해져 지금의 나로 있을 수 있는 것은
아마도 환경이 좋아서일 것이다.
덕분에 안심하고 거리를 활보하고, 양질의 교육을 받고,
이렇게 세계를 여행할 수도 있는 것이다.

어찌 되었든 지금의 나는
꽤 혜택 받은 사람이다

'어찌 되었든 나는 혜택을 받은 사람이다.'

내가 지금껏 좋은 환경에서 살아왔다는 사실을 새삼 깨달았다.
그리고 그 환경은 많은 회사원들이,
양복 차림의 샐러리맨들이 책임을 지고
일해준 덕분에 얻을 수 있는 것이었다는 사실을 깨달았다.

나는 나고 자란 내 나라에 더 이상 불만을 품지 않기로 했다.
인정할 수 없는 현실에 화를 내는 것도 그만두었다.
그리고 볼리비아에서 세계 일주를 시작했다.

볼리비아에서 세계 일주 여행으로

최초의 목적지는 아르헨티나의 수도, 부에노스아이레스.
처음에 버스를 탔는데 이동 시간이 무려 48시간이었다.

'내일부터 나는 직업도, 주소도
모든 것이 정해져 있지 않은 신분이 되어,
여기저기 돌아다니며 심신과 시간을 깎아가며
여행자다운 날들을 보낸다.'
이제부터 맞이하게 될 자유가 조금은 두렵기도 하면서
한편으로는 설레기도 했다.

'볼리비아에서 본 빈과 부, 세상에는 빛이 있으면 그림자도 있다.'

지구 한 바퀴를 돌면서
나는 그 양면을 모두 보고 싶다는 생각이 들었다.

세계 속의 빛과 그림자를 돌아보다

아르헨티나의 부에노스아이레스,
'남미의 파리'라고도 일컬어지는 수도.
세련된 부티크가 늘어서 있고,
으리으리한 카지노로 사람들이 몰려들었다.
하지만 커다란 길가를 건너가자 그곳은 슬램가,
눈에 초점을 잃은 사람들이 그곳에서 살아가고 있었다.

스페인, 실업률이 50%인 나라.
하지만 사람들은 바에서 하몬과 술을 즐기며 담소를 나누고 있었다.
우리나라의 취업난과는 비교할 수 없을 만큼 악화된 상태임에도
모두 밝고, 하루하루가 즐거운 듯했다.

이스라엘, 수도 예루살렘에는 유대교 정통파가 사는 지역이 있었다.
그곳에는 평생 일하지 않아도
세금만으로 먹고살 수 있는 제도가 있다고 한다.

한편 팔레스타인 자치구에서는
서쪽 해안지구로 현지 대학생이 마을 안내를 해주었다.
그때 우리는 총을 가진 이스라엘 군인이 감시하고 있는
큰 철제 검문소를 빠져나갔다.

그런데 나는 아무렇지 않게 그곳을 통과했지만,
팔레스타인 사람인 그는 철저히 검사를 받았다.
그에게는 검문이 일상적인 일인 듯했다.
그런 그에게 뭐라고 말해야 좋을지 몰라
잠시 어색한 분위기가 흘렀다.
사람이 살아가는 환경이 정말 다양하고,
불평등한 곳이 있음을 다시 한 번 알게 되었다.

사막 숙소에서 세어본 별똥별

"사막 숙소에서 묵어보지 않을래?"
인도의 사막거리에서 그렇게 말을 걸어온 호객꾼과 대화를 나누다
"사막 숙소에서 일해보지 않을래?"라는 제안을 받게 되었다.
나는 2주간 거의 매일 낙타를 타고 사구에서 석양을 바라보았다.
밤에는 투숙객들과 이야기도 하고,
직원들과 술을 마시고 날을 새기도 했다.
"또 정전이야"라고 말하면서도
은하수를 바라보며 별똥별을 세어보았다.

숙소 사람들은 성실하고 노력형에, 지나칠 정도로 사람을 좋아하며,
모두가 가난해서 학교에 다닐 수는 없었어도 자신의 마을을
풍요롭게 만들고 싶다는 마음 하나로 숙소를 운영하고 있었다.
난 그런 그들이 정말 좋았다.

행동을 하면
기적이 일어난다

헤어질 무렵, 섭섭한 마음과 동시에
처음의 기적적인 만남이 떠오르며 만감이 교차했다.
'다시 한 번 꼭 돌아올 거니까 기다려.'

지금, 이 세계에 사는 약 75억의 사람들 중에
태어나서 죽을 때까지
계속 같은 장소에서 살아갈 수밖에 없는 사람들도 있다.
그럼에도 나를 정말 소중히 대해준 그들과 만날 수 있었던 것은
내가 세계 일주를 하기로 결정했기 때문에 가능한 일이었다.

'행동이 기적을 일으키는 것 아닐까?'
무언가 새로운 것을 시작하려 할 때마다 나는 그런 생각을 한다.

선로를 끼고 있는 방글라데시의 슬램가

인도 바로 옆에 있는 나라, 방글라데시.

'아시아 최빈국'이라 불리는 나라의 전차 창문으로 보이는 것은
나란히 줄지어 있는 다 쓸어져가는 판잣집들과
그곳에서 터를 잡고 살아가는 사람들.
그것은 창문 밖으로 손을 내밀어 뻗으면 닿을 듯한 거리에 있었다.

슬램가라고 하는 곳은 많은 나라에 존재한다.
하지만 선로를 끼고 형성된 슬램가를 본 것은
이곳 방글라데시가 처음이었다.

전차가 오면 사람들은 모두 옆으로 비켜섰다.
그리고 전차가 다 지나간 후에는 아무 일 없었다는 듯
다시 사람들의 움직임이 시작되었다.
아이들에게 있어서 선로는 놀이터다.
평균대처럼 레일을 건너가고, 크리켓을 하고 논다.
외국인이 카메라를 가지고 있으면
아이들이 "찍어줘요, 나도, 나도"라며 달려든다.
아이들의 까불고 떠드는 소리는 세계 공통인 것 같다.
하지만 객관적으로 이 아이들의 미래를 생각하면
앞으로 갈 길이 밝다고 할 수는 없었다.

'학교에는 다니고 있을까? 아프면 아이들은 어떻게 할까?
앞으로 이 아이들은 무얼 하며 먹고살까?'
하지만 나는 아무 힘없는 대학생에, 그저 여행자일 뿐이기에
그저 바라만 보는 방관자에 지나지 않았다.

무언가 얹힌 듯 개운치 않은 마음으로
나는 다음 장소로 향했다.

노벨 평화상을 수상한 은행

그라민 은행,
방글라데시의 수도 다카에 있는 노벨 평화상을 수상한 은행.
빈곤을 퇴치하기 위한 목적으로 설립된 이 은행은
세계에서도 보기 드물게
빈곤층을 대상으로 무담보대출을 해주고 있었다.
단지 돈만 빌려주는 것이 아니라 교육이나 보건 등
사회 서비스 및 농촌 여성들의 자립 지원까지 해주었다.

3주간의 짧은 기간 동안
나는 그라민 은행이 주최하는 프로그램에 참가하게 되었다.
그때 나는 본부나 마을의 지부를 돌아다니며
융자를 받고 있는 농촌 여성들과 이야기를 나눌 수 있었다.

나도 '희망'이라는 것을 만들어보고 싶다

다 해진 사리를 입고 지푸라기 집에 살고 있는 여성이
눈가에 주름이 생기도록 크게 웃었다.

"지금은 가난하지만, 언젠가 나아질 테니까."
그 말 한마디에 내 속에 맺혀 있던 응어리가 풀렸다.
그녀의 눈 속에서 반짝이던 빛이 이렇게 말해주는 듯했다.
**'사람은 미래를 향한 희망으로 힘들어도 견뎌내며 살아갈 수 있어.
희망이 있고 없고가 인생을 좌우하지 않을까.'**

희망이 사람을 변화시키고,
나아가 다른 세계에까지 영향을 준 은행을 직접 경험해보면서
나도 사회를 좋게 변화시키고 싶다는 생각이 들었다.

매일 똑같은 일상 속에서
변화된 것은 나 자신

9개월간의 세계 일주,
일생에 한 번 볼까 말까 한 광경을 만난 날들이
어느덧 300일이나 이어졌다.
긴 여행을 마치고 돌아온 나는
다시 고정된 장소, 원래의 생활로 돌아왔다.

귀국 날 밤, 나는 심하게 긴장이 되었다.
하지만 이내 괜찮아졌다.
"밝아졌는데?"
귀국 후 많은 사람들이 그렇게 말해주었다.
내가 있는 이곳이 참 편안하다는 것을 느꼈다.
'내가 있는 이곳이 정말 좋다.'
이곳은 그대로인데, 바뀐 것은 나였다.

현실에 대한 불만만 늘어놓던 나.
파랑새를 잡으려 행복을 찾아 떠났었다.
하지만 결국 내가 나고 자란 이곳만큼 좋은 곳은 어디에도 없었다.
'맥도날드의 점원이 저렇게 친절한 미소를 보여주었구나' 하는
것도 새삼 느꼈다.

바지 뒷주머니에 아무렇게나 지갑을 넣고 다녀도
누구도 훔쳐가지 않고,
성실한 샐러리맨들은 매일매일 회사를 향하고 있다.
마음만 먹으면 언제 어디든 날아갈 수 있고,
아프면 언제든 치료 받을 수 있는 환경도 조성되어 있다.
무엇보다 소중한 가족과 친구가 있다.

'지금 있는 이곳을 소중하게 간직하며 지켜가고 싶다.
만약 부족한 것이 있다 해도 불만을 말하기보다
나 스스로 누군가의 희망이 될 수 있도록 노력하고 싶다.'

가장 좋아하는 이곳에서
지금 내가 할 수 있는 것

현재 나는 사회문제를 해결해주는
비영리단체에서 인턴으로 일하고 있다.

학대에 의해 목숨을 잃는 아이가 없도록,
모든 아이들이 적절한 양육환경 속에서
보호 받으며 자랄 수 있도록 온 힘을 쏟아부을 것이다.

04

처음 내딛는 작은 한 걸음의 위대함을 느꼈던 여행

"GOOD LUCK!," 이 한마디에
맨해튼에서 흘린 눈물

마쓰나가 타카유키 (당시 만 20세)/대학생
200일간 / 20개국

Change?

자신의 마음을 외면하기만 하던
대학생

?

한 발 내딛기만 해도 모든 것이 모험이 된다

3월의 베트남은 한여름처럼 더웠다.
그저 한 발 내딛기만 해도 모든 것이 모험이 되었다.

거리가 오토바이 천국이어서
도로를 건너기가 보통 힘든 것이 아니었다.
귀를 틀어막고 싶을 정도로 소음도 심했다.
코를 자극하는 시장의 달콤한 냄새.
'휴대전화가 안 터진다고? 전압이 달라?
누구도 나에 대해 몰라?'
이런 것만으로도 내 오감은 강렬하게 움직였다.
그렇게 가슴이 두근거리는 경험은
내 인생에서 처음이었다.

캄보디아에서는 고아원에서
부모에게 버림받은 아이들을 만났다.
'아이들이 우울하고 슬픈 얼굴을 하고 있겠지?'
나의 예상과 달리 기다리고 있는 것은
반짝반짝 빛이 나는 아이들의 웃는 얼굴이었다.
"우와, 놀자! 축구해요! 목마 태워줘! 산수 알려줘!"

내가 20년간 쌓아왔던 얕은 가치관이 순식간에 무너졌다.
그것도 단 2주간, 2개국에서 겪은 일이다.

처음에 작은 한 걸음을 내딛어서 정말 다행이었다.
이 '단 2주간의 아시아 여행'이
'200일간의 세계 일주 여행'이 되었으니까.

"그저 그런 인간에게는
그저 그런 인생만 기다리고 있을 뿐이야"

'내 인생, 이대로는 위험해.'
이것을 깨달은 것은 대학교 3학년 때였다.
여행을 하기 전 나는 그저 그런 대학에 다니며,
그저 그런 여자 친구와 사귀고, 매스컴 강좌나 들으러 다니는
나의 그저 그런 장래가 걱정이 되어
'이대로 살아가면 안 되겠구나'하고 생각했었다.

그러다 갑자기 취업활동이라는 파도가 덮쳐와 이렇게 말했다.
"그저 그런 인간에게는 그저 그런 인생만 기다리고 있을 뿐이야."
사실은 그전부터 알고 있었다. 알면서도 모르는 체했을 뿐.
무엇을 해도 중간에 포기하고,
별 볼일 없는 자신을 주변의 탓으로 돌리고,
'진심'이라는 것에서 도망치고 있었을 뿐이었다.

누군가 진심 어린 충고를 해주면 귀를 막고,
진심으로 생각하지 않으면 안 되는 것에는 눈을 감아버렸다.

고민 끝에 나는 매스컴 강좌를 같이 듣던 선배에게 상담을 했다.
선배의 대답은 의외로 단순했다.
선배: "하고 싶은 것을 해."
나: "응? 그럼 음, 해외에 나가고 싶어."
보통의 대학생이 생각할 수 있는 대답만 나왔다.
하지만 그것 말고는 하고 싶은 것이 퍼뜩 떠오르지 않았다.
나는 일단 친구와 함께 베트남과 캄보디아로 여행을 가기로 했다.
단 2주간, 내 인생에서 처음으로 가는 해외여행이었다.

'살아 있다'라는 것이 이런 거구나!

3일간 다닌 캄보디아 고아원.
마지막 날, 가장 친하게 지냈던 소카이라는 소년이 물어왔다.
"내일은 몇 시에 올 거야?"
나는 난처해하며 이렇게 대답했다.
"내일은 우리나라로 돌아가야 해."
아이는 또 물었다.
"알았어. 그럼 다음에 언제 올 거야?"
때 묻지 않은 순수한 미소와 단순한 물음에 나는 할 말을 잃었다.

"고마워! 또 와!"
헤어질 때 스무 명 정도의 아이들이 웃는 얼굴로 배웅을 나왔다.
어쩐지 눈물이 멈추지 않았다.
감정을 토해내는 듯한 이런 느낌, 과연 얼마 만이었는지.

파리가 날아드는 이곳에서
축구를 하며, 목마를 태우고, 함께 밥을 먹고,
그 아이들과 전력을 다해 놀았던 날들.
'정말 살아 있다'는 것을 실감할 수 있는 날들이었다.
'잘 모르겠지만, 살아 있다는 것이 이런 거구나!'

내가 알고 있는 것은
200여 개 나라 가운데 단 두 나라

캄보디아에서 돌아오는 비행기 안에서 생각했다.

'세계에는 200여 개 정도의 나라가 있고,
75억이나 되는 사람이 있구나.'

'내가 간 곳은 200여 개국 가운데 단 두 곳뿐.'
'세계 곳곳을 여행한다면 어떤 세계가 보일까?'
'세계 곳곳을 여행한다면 어떤 나를 만날 수 있을까?'

뭔가 가슴 한 구석이 답답한 이유를 좀처럼 알 수 없었다.
귀국 후 나는 바로 10개국 정도의 여행책을 찾아 읽었다.
그리고 '단 2주간의 여행'은 '200일간의 세계 일주'로 바뀌었다.

세계 일주 출발 당일,

이것저것 다 불안했던 만큼 배낭에 쑤셔 넣은 짐의 무게가 18킬로그램.

한여름의 태양이 내리쬐는 뜨거운 여름날,

그렇게 나는 다시 공항으로 향했다.

전철을 타자 모두가 힐끗힐끗 나를 쳐다보는 것이 느껴졌다.

탑승게이트를 통과해 드디어 출국.

영화에서 봤던 아메리카 그 자체

10시간을 날아 도착한 곳은 로스앤젤레스.

로컬버스 승강장을 못 찾아 공항에서 2시간이나 헤맸다.

우여곡절 끝에 탄 버스의 운전기사는 쾌활한 흑인 여성.

그 여성에게 나보다도 덩치가 훨씬 큰 남자가 말을 걸고 있었다.

영화에서 봤던 아메리카의 일상적인 풍경 그 자체였다.

버스에서 내려 때마침 눈에 들어온,

1박에 30달러인 유스호스텔에 체크인을 했다.

'이야, 이렇게 순조로울 수가!

그래, 여행이란 이렇게 계획하지 않고 직접 부딪히며 하는 거지.'

그 환상이 금방 깨져버릴 줄도 모르고

다음 날 나는 뉴욕으로 날아갔다.

뉴욕에 도착해 아침부터 숙소를 찾으러 맨해튼으로 향했다.

그런데 9월의 성수기, 게다가 그날은 하필이면 토요일.

열 곳 정도 돌아다녔지만 모두 만실이었다.

영어를 잘하지 못하는 나를 무시하며 냉대하는 사람들도 많았다.

"Do you understand English?(영어를 알아듣니?)"

몇 번이나 이 말을 들었는지 모른다.

"No, Full!(없어, 만실이야!)"이라며

어느 호텔이나 차갑게 대하기 일쑤였다.

잘 알지도 못하는 그곳에서 무거운 짐을 짊어진 채 돌아다니는 것은

체력적으로나, 정신적으로나 힘든 일이었다.

'또 안 되는구나' 하며 마지막 호텔에서 나오려는 순간,

주인 할머니가 내 뒤를 따라 나왔다.

"Good Luck! 너의 여행을 위해 기도할게"

짧은 영어 실력으로 나는 필사적으로 현재의 상황을 전했다.

그러자 그 할머니는 알 듯 말 듯한 얼굴로

뉴욕 내에 있는 호텔들의 목록을 찾아주었다.

"이곳으로 가 봐. 아마 일본어를 할 수 있는 사람이 있을 거야."

그 호텔 근처 바의 일본어를 할 수 있는 직원도 소개시켜주었다.

"내가 해줄 수 있는 것은 이것뿐이지만,

앞으로 오랫동안 이어질 너의 여행의 성공을 빌게. 행운을 빌어!"

그 할머니는 헤어질 때 이렇게 따뜻한 말을 해주었다.
그 말을 듣고서 나는 많은 사람들이 지나다니는
맨해튼 길 한복판에서 울어버렸다.

200일간의 여행 중 아직 이틀째

'이렇게 마음이 따뜻한 사람도 있구나' 하는 것을
정말 오랜만에 느꼈다.
이렇게 궁지에 몰린 것도
200일간의 세계 일주 중 겨우 이틀째의 일이었다.

'단 이틀 전까지만 해도 지루한 일상을 보내고 있던 내가,
맨해튼의 길 한복판에서 누군가의 따뜻한 정에 눈물을 흘리고 있다.
앞으로 198일간, 나에게는 어떠한 일들이 일어날까?'

불안은 어느새 설렘과 기대로 바뀌어가고 있었다.

마음만 먹으면 어디든 갈 수 있어!

호텔을 잡은 나는 곧장 뉴욕 타임즈 스퀘어로 향했다.
화려한 맨해튼 거리를 한 걸음씩 음미하면서 걷는 기분.
길거리에서 댄스를 보여주고 있는 자메이카 출신 댄서.
그 주변에는 50명 정도의 군중이 즐거운 듯 박수를 치고 있었다.
다양한 인종과 다양한 연령대의 사람들.
내 나라에서는 느낄 수 없었던, 소위 말하는 국경을 초월한 공간.
나도 그 속에서 하나가 되어 그 분위기에 빠져들었다.

잠시 댄스를 즐긴 후 다시 뉴욕 타임즈 스퀘어로 향했다.
한창 성수기의 주말 밤 뉴욕.
그곳에는 세계 곳곳에서 찾아온 많은 관광객들이 모여 있었다.

"세계의 중심에 와 있구나!" 나도 모르게 혼잣말을 했다.
주변을 둘러보니 모두 가족이나 커플, 친구들과 함께하고 있었다.
그렇게 화려한 공간 속에 혼자 있었지만,
쓸쓸함 따위는 전혀 느낄 수 없었다.

'TV에서 보던 세상이 지금 바로 내 눈앞에 있다.
그럼 난 내가 바라면 어디든 갈 수 있다는 얘기네?'
어쩐지 나 스스로 무언가를 해낸 듯한 성취감과
할 수 있다는 자신감에 취했다.

언어에 대한 노력만큼
경험할 수 있는 세상은 넓어진다

뉴욕에서 멕시코 칸쿤으로 이동했다. 공용어는 스페인어.
택시에서 "one hundred(100)"조차도 알아듣지 못했다.
'이거 큰일인데.'
숙소에 가끔 스페인어를 할 수 있는 여성이 와서
나는 필사적으로 언어를 배웠다.
"우노, 도스, 뜨레스……." 숫자는 금방 외웠다.
"탱고 베인티 아뇨스.(저는 스무 살입니다.)"
언어에 대한 노력만큼 더 많은 세상을 경험할 수 있었다.

가까이에 있는 슈퍼마켓의 점원에게,
버스 운전기사에게, 숙소에서 만난 여행자 친구들에게 말했다.
"나는 스무 살 대학생이고, 지금은 세계 일주 중이야!"
"정말? 그럼 여자 친구는 어떻게 하고?"
자연스럽게 이어지는 대화가 정말 재미있었다.
대학에 가서도 제대로 공부하지 않았던 내가
전혀 다른 나라에 와서 배움의 즐거움을 만끽하고 있었다.
'다음은 어떤 대화까지 할 수 있을까?'
머릿속으로 자유롭게 대화하는 상상을 하는 것만으로도 즐거웠다.

4일간 계속 걸어서 마추픽추로!

멕시코에서 아메리카 대륙의 남으로, 남으로 내려갔다.
세계 유산의 거리 쿠스코.
천공도시 마추픽추로 향하는 사람들이 모이는 곳.

마추픽추까지 전차로 갈 수도 있지만,
3박 4일간 걸어서 가는 트레이닝 투어에 참가해보기로 했다.

네덜란드에서 온 막스, 독일인 토마스 외
일곱 명 정도가 한 팀이 되어 마추픽추로 향했다.
하루에 8시간 가까이 산길을 계속 걷는,
가혹하다고밖에 표현할 수 없는 트레이닝 투어.

10월의 페루는 초여름 날씨였다.
모기떼의 습격을 받으며 지친 몸을 차가운 계곡물에 담가
피로를 풀었고, 발은 퉁퉁 붓고 고통스러웠다.
그럼에도 마추픽추의 모습만을 머릿속에 그리며 견뎌냈다.

무언가에 몰입했던 게 언제였더라?

'왜 해외까지 와서 고생을 사서 하고 있는 거지?'
가끔은 냉정하게 이런 생각도 들었지만,
이렇게 무언가에 몰입해 팀을 이루어 목표를 향해 전진하는 게
너무 오랜만이라 기분이 정말 좋았다.

'무언가에 몰입했던 게 언제였더라?'
걷고 또 걸어 4일째 되던 날,
드디어 보게 된 천공도시는 더 각별하게 다가왔다.

한 걸음 내딛기만 해도
달라지는 경치

마추픽추를 뒤로하고 다음은 칠레 이스터 섬으로 향했다.
그곳에서 나는 정말 아름다운 일출을 봤다.
그날은 내 인생에서 가장 아름다운 아침이었다.

아직 깜깜한 시간,
오토바이를 타고 섬의 정반대에 있는 아후 통가리키로 향했다.
그곳에 일렬로 늘어서 있던 15체의 모아이상.
그리고 그 뒤에서 떠오르던 커다란 태양.
모아이상 사이로 삐져나온 오렌지색의 빛이 나를 붙들였다.

'내가 그동안 보내온 지루하고 의미 없던 아침이
이렇게 아름다웠던가?
그저 한 걸음 내딛은 것만으로 아침의 경치가 이렇게 바뀔 수 있다니……'
지금도 나는 일출을 볼 때면 그 멋진 바다의 아침을 떠올린다.

마추픽추를 보기 위해 4일간 쉬지 않고 계속 걷고,
아침 해를 바라보기 위해 오토바이를 타고 어둠 속을 달리기도 하고…….
하고 싶은 것을 하기 위해서는,
할 수 없는 이유 따위는 생각하지 않아야 한다.

'진짜 살아 있다는 건 아마 이런 것 아닐까?'

몇 시간 눈을 감았다 뜨면
그곳은 또 다른 세계

남미 여행을 2개월간 맘껏 즐기고 나니 어느덧 12월.
비행기를 타고 다시 단숨에 유럽으로 향했다.
'몇 시간 눈을 감았다 뜨면 그곳은 또 다른 선진국인가?
샤워기에서 따뜻한 물이 나오지 않을까봐 걱정할 필요는 없겠네?'
창밖으로 움직이기 시작하는 비행기를 보며
왠지 모를 쓸쓸함과 안도감 같은 것이 밀려왔다.

세계 일주를 하며 비행기에 타고 내리기를 수십 번 반복했다.
그때마다 잠깐 몇 시간 동안 눈을 감았다 뜨면
전혀 다른 세상이 내 눈앞에 펼쳐졌다.
'그동안 내가 그저 그렇게 지냈던 시간도 같은 시간이었을 텐데…….'

드디어 스페인 마드리드에 도착.
눈을 뜨자 계절은 어느새 여름에서 겨울로 바뀌어 있었다.
'어제까지 반팔에 반바지 차림으로 다녔는데,
이곳의 거리는 크리스마스.
오늘은 일루미네이션으로 반짝이는 거리를 걷고 있다.'

그리고 전속력으로 달려
유럽부터 아프리카까지 돌고 중동 이스라엘로 향했다.

3대 종교의 성지, 예루살렘을 찾아가기 위해서였다.

미로 같은 '탄식의 벽'에 이어지는 길을 걷던 중
바로 앞에 두 명의 남성과 어린 남자아이가 나타났다.
전신 검은 옷에, 차양이 있는 모자를 쓰고,
머리는 세 갈래로 딴 모습이었다.
'어, 뭐지, 이 사람들?'
그들은 유대교 신도였다.

이 사람들은 어째서 울고 있는 걸까?

그들의 뒤를 쫓듯 따라붙어 '탄식의 벽'에 도달했다.
같은 모습을 한 많은 사람들.
어떤 사람은 성서를 한 손에 들고 뭐라 뭐라 중얼거리고,
또 어떤 사람은 벽에 손을 대로 눈물을 흘리고 있었다.

그 옆에서 나는 그저 그 광경을 바라보고만 있었다.
'이 사람들은 어째서 울고 있는 걸까?'

유대교의 역사도 모르는 나였지만,
'성스러운 장소'로 여기는 곳임을 금방 알아차릴 수 있었다.
벽을 쓰다듬는 것은 어쩐지 송구스러워 할 수 없었다.

'나에 대한 폭'을 넓히며,
조금씩 다른 사람에 대한 폭을 넓히다

문득 그들과 그들의 종교를 더욱 이해하고 싶다는 생각이 들었다.
전혀 관심조차 없었던 일도
이렇게 직접 눈앞에 마주하게 되면 자신의 일처럼 느껴진다.
나는 조금씩 나에 대한 폭이 넓어지는 것을 느꼈다.
그것이 어느 순간 인간관계의 폭을 넓혀줄 거라고 생각한다.

중동을 지나 인도-네팔-태국으로 아시아의 열기 속을 걷다가,
나의 200일간의 세계 일주 여행은 마침표를 찍게 되었다.

당연한 듯 지내던 대학 생활에서는
바로 어제 무엇을 했었는지도 기억이 잘 나지 않았는데,
전력을 다해 지낸 세계 일주의 날들은 하루도 빠짐없이
'200일간 어디에서 무엇을 했었는지 기억나는' 그런 여행이 되었다.

따뜻한 물이 나오는 것이 정말 감사하게 여겨졌던 일.
무서워 떨며 걸었던 밤거리. 걸인에게 돈을 줄까 말까 망설였던 일.
"까불지 마"라며 큰소리쳤던 일.
'말이 통하지 않아서 슬프고 힘들다'고 생각했던 일.
'말이 통하지 않아도 상관없어, 마음이 중요하지!'라고 생각했던 일.

사하라 사막에서 밤하늘을 바라본 일.
숱이 많았던 유대인의 머리카락을 창 너머로 바라봤던 일.
세계 곳곳에 친구가 생긴 것.
스무 살의 젊은이가 해외로 나갈까 말까
'고민할 수 있는 것' 자체가 얼마나 행복한 일인지 알게 된 것.

반년에 걸쳐 걸어온, 어쩌면 돌아서 온 인생의 길.
'이 여행이 나에게 있어 어떤 의미가 있을까?'

그 답은 나의 형이 알려주었다.

당시 형은 마음의 병을 앓고 있어
집 안에서만 시간을 보내고 있었다.
세계 일주 여행을 떠나기 한 달 전에야 나는 그 사실을 알았다.
형과 나는 서로 이야기를 자주 나누는 사이가 아니었다.
솔직히 망설여졌다.
'내가 세계 일주에 도전한다고 하면
형은 자신을 더 궁지로 내몰지 않을까?'
그렇다고 내가 할 수 있는 것은 달리 없었다.
결국 제대로 대화도 해보지 못하고 나는 세계 일주 여행을 떠났다.

'나를 위한 여행'이 '다른 누군가를 위한 여행'으로

집을 떠나고서 수개월 뒤, 형에게서 한 통의 메일이 왔다.
"네 모습을 보고 나도 자극받았어!
나도 조금씩이긴 해도 다시 노력해보려고! 고맙다!"

나는 정말 놀랐다. 내가 여행을 간 이유는
'내가 하고 싶었기 때문'이었다. 단지 그것뿐이었다.
하지만 나 자신을 위해 떠난 여행은
어느새 형을 위한, 또 다른 누군가를 위한 여행도 될 수 있었던 것이다.
'하고 싶다고 생각한 것을 진짜로 하면 누군가의 마음을 움직일 수 있고,
그것은 무언가를 시작하는 계기가 되어줄 수 있구나!'

1년 전의 나라면
상상도 할 수 없었던 미래

1년 전의 나라면 상상조차 할 수 없었던 미래가
내 앞에 펼쳐져 있다.

지금 나는 세계 일주를 하며 만난 친구들과 함께
어느 단체에 들어가 사람들에게
여행을 떠날 수 있는 발판이나 계기를 만들어주고 있다.

내가 처음으로 몰두할 수 있었던 것.
그것은 세계 일주 그 자체였다.
'더 많은 사람들이 세계 일주를 해보면 좋겠다.
인생을 바꿀 선택지의 하나로서 세계 일주를 추천하고 싶다.'
그렇게 생각한 나는 대학 졸업 후 취직도 하지 않고,
이 단체의 운영에 힘을 쏟고 있다.
그리고 올겨울에는 드디어 회사를 창업할 예정이다.

처음 시작은 보잘것없어도 괜찮아

하고 싶은 것도 없고, 주변의 시선만 신경 쓰며,
정작 자신이 진짜 할 수 있는 일조차 찾지 못했던
그저 그런 대학생은 얼마나 달라진 걸까?

"세계 일주를 해서 인생이 변했어?"
솔직히 변하든 변하지 않든 상관없지만 나는 변했다.

지금 내가 말할 수 있는 것은
인생이 변하고, 안 변하고는
자신이 어떻게 하느냐에 달려 있다는 것이다.
'이것만 해내면 인생 달라지지 않을까?'
나에게 있어서 무엇보다 높고 힘든 장해물을 뛰어넘었기 때문에
나는 스스로 바뀌었다고 생각한다.
"세계 일주, 누구라도 할 수 있어!"
내가 장해물을 뛰어넘었기에 감히 말할 수 있는 것인지도 모른다.

'처음 한 걸음은 조금 보잘것없어도 괜찮다.
처음의 짧다면 짧은 2주간의 여행이 없었다면
나는 아마 세계 일주를 꿈도 꾸지 못했을 테니까.'
그것을 깨닫게 해준 것이 세계 일주였다.
그리고 지금에 와서 보면 내가 처음 내딛었던 자그마한 한 걸음이
어마어마한 큰 걸음이 되었다는 것을 느낄 수 있다.

'하고 싶다.' '기대된다.'
'이것을 시작하면 어떤 세계가 보일지,
내 인생이 어떻게 될지 상상이 안 돼.'
지금 그렇게 생각하고 있다면 틀림없이 인생은 바뀐다.
그것도 좋은 쪽으로.

순식간에 지나가버리는 인생,
절대 사절!

귀국하던 날, 여행을 나서던 때 이런저런 불안함에
마구 쑤셔 넣었던 18킬로그램의 배낭은 7킬로그램이 되었다.
짐이 가벼워진 만큼 마음도 가벼워져 있었다.

마중 나와준 친구가 내게 했던 말이 충격적이었다.
"정말 빠르다! 200일이 정말 순식간에 지나갔는데!"
나는 그 말을 믿을 수 없었다.
전력을 다해 세계를 여행하며 지낸 200일이
나에게는 정말 길게 느껴졌기 때문이다.

'그런가? 계속 새로운 세계로 뛰어들지 않으면
인생이란 이렇게 순식간에 지나가버리는구나!
순식간에 지나가버리는 인생은 절대 사절이다!'

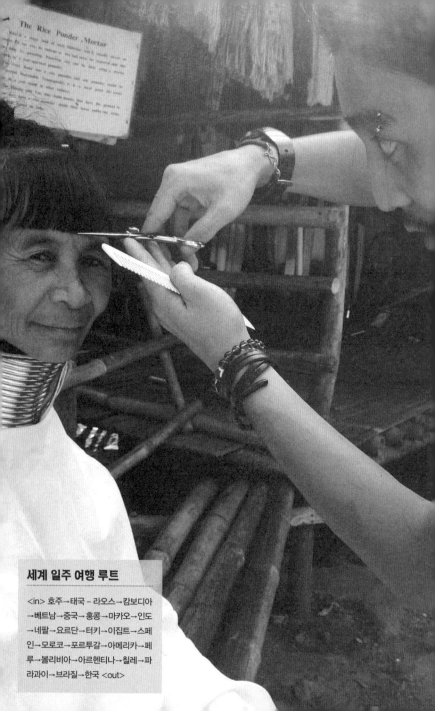

세계 일주 여행 루트

<in> 호주→태국 – 라오스→캄보디아
→베트남→중국→홍콩→마카오→인도
→네팔→요르단→터키→이집트→스페
인→모로코→포르투갈→아메리카→페
루→볼리비아→아르헨티나→칠레→파
라과이→브라질→한국 <out>

일에 대한 가능성을 일깨워준 여행

세계 수많은 사람들의 머리를
자르며 느낀
말로 표현할 수 없는 고마움

후지카와 히데키 (당시 만 28세)/ 미용사
800일간 / 23개국

Change?

매일 무언가 부족하게 여겨졌던
미용사

?

영어도 못하는 내가
서 있는 곳은 호주의 어느 미용실

호주의 서쪽에 있는 패스라는 이름의 마을.
나로서는 첫 해외여행이었지만,
그 설렘과 두근거림을 느낄 새도 없이
나는 어느 미용실 안에 서 있었다.
그 순간 나는
내가 영어를 한마디도 못한다는 사실조차 잊고 있었다.

당연한 소리지만, 나의 첫 번째 고객은 외국인.
금발의 긴 머리를 가진 여성이었다.
우선 그녀 앞에 서기는 했지만,
"어떻게 하고 싶으세요?"라는 간단한 말조차도 나오지 않았다.

"헬로우, 커트?"
내 입에서 나온 말은 이 두 마디가 전부였다.

그러면 안 되겠다 싶어
동료에게 "오늘은 어떻게 할까요?", "저한테 맡겨주세요",
이 두 가지 말만이라도 가르쳐달라고 했다.

드디어 두 번째 고객, 또 다른 금발의 여성.

"What would you like today?(오늘은 어떻게 해줄까요?)"

외워두었던 영어를 말해보았다.

그러자 그 여성은 거침없이 원하는 헤어스타일을 영어로 쏟아냈다.

그 말을 내가 알아들을 리 없었지만,

나는 알아들은 척 고개를 끄덕이며

나만 믿으라는 듯 오른손으로 가슴을 탁탁 쳤다.

"Trust me!(나한테 맡겨!)"

외워두었던 영어를 멋지게 날렸다.

불완전연소 같은 일상, 변화를 꿈꾸다

이곳에 오기 전 나는 6년간 미용사로 일했다.
처음 4년은 미용실에서 직원으로 일하고,
나머지 2년은 프리랜서로 일했다.
내 기술에는 자신이 있었지만 독립할 용기도 없고,
그렇다고 가게에서 직원으로 일하기도 싫었다.

그 결과, 이도 저도 아닌 나.
불완전연소 같은 하루하루를 보내고 있었다.
그러던 중 미용사 선배가 한 가지 제안을 해왔다.

선배: "호주에서 미용사 해보지 않을래?"
나: "뉴욕이라면 모를까, 호주에서는⋯⋯."

나는 바로 거절했다.

실은 이제껏 한 번도 해외에 나가본 적이 없었다.
나는 자신감 없는 모습을 들키기 싫었다.
'하지만 이 불완전연소 같은 하루하루가 어쩌면 바뀔지도 몰라.'

미용사에 대한 사고방식, 생활리듬, 세계관 등등……. 자유롭게 일할 수 있는 지금이
새로운 도전을 할 최적의 시기이라는 생각이 들었다.
그렇게 처음 해외로 나가야겠다는 결심을 한 것이
스물다섯 살 되던 때였다.

호주에 도착한 다음 날부터 나는 퍼스에 있는 미용실에서 일을 했다.
내 나름대로 최고의 스타일을 만들어서
자신만만하게 거울을 보여주자 반응이 꽤 괜찮았다.
"This is your best!(너, 최고다!)" "So cool!(정말 멋져!)"

서툰 영어로 인사를 하고, 머리를 자르고,
손님이 맘에 들어 할까, 안 들어 할까 고민하고……,
매일 미용사로서 승부를 거는 듯한 느낌이었다.

머릿결도, 색깔도, 감성도, 세계는 모두 다르다

손님은 호주 사람들뿐 아니라 세계 여러 나라 사람들.
머릿결도, 색깔도, '멋있다'라고 하는 감성조차도 모두 다른 사람들.

'세계에는 이렇게 다양한 사람들이 있구나.'
머리를 자르면서 받은 자극은
세계에 대한 흥미로 이어졌다.

그 미용실에서 약 6개월간 일하고 나서
퍼스의 북쪽에 있는 브룸이라는 작은 마을로 갔다.
브룸은 진주 양식으로 유명한 마을이었다.

'이곳에서 일해보지 않으면 평생 미용사만 해야겠지.'
나는 진주 보트에서 일해보기로 했다.

바다를 끼고 있는 작은 집에서 지내면서
아침에 일출을 보며 보트로 출근해
해가 지는 다섯 시까지 보트 위에서 생활했다.
10일간 그 일을 하고, 4일간은 마을로 돌아가 휴식.
그러기를 반복했다.

숙소에 처음으로 붙인 종이,
"머리를 잘라드립니다!"

'하지만 역시 머리를 자르고 싶어!'
쉬는 날 그런 생각을 하며 마을을 어슬렁거리다가
슈퍼마켓의 광고 포스터를 보고 문득 아이디어가 떠올랐다.
'그래, 포스터를 붙이는 거야!'

나는 서둘러 숙소로 돌아와 포스터를 붙였다.
마을 레스토랑에도, 다른 게스트하우스에도 붙였다.
처음엔 친해진 사람들이 가끔 하나둘 자르러 와주는 정도였지만,
점점 소문이 나기 시작하면서
진주 양식 일을 쉬는 4일간 예약이 꽉 찰 정도가 되었다.

주재원이 요청한 곳으로 출장을 가거나
내 숙소로 손님들이 찾아오거나……
어느새 현지인들의 결혼식까지 맡게 되었다.

이런 생활을 약 4개월 정도 했을 무렵,
10일간 진주 양식장에 가서 버는 돈보다
4일간 미용으로 벌어들이는 금액이 훨씬 커졌다.

'그래, 난 역시 미용사야! 이거면 되겠어!'

"세계 곳곳 사람들의 머리를 자르러 떠나자!"

'가위만 있다면 어디든 갈 수 있어!'
'머리카락만 있다면 뭐든 할 수 있어!'
'가위를 가지고 세계를 돌아다녀보는 거야!'
'세계 곳곳 사람들의 머리를 자르러 떠나자!'
그런 생각을 하며 세계 일주를 결심하게 되었다.

그렇게 시작한 세계 일주의 첫 번째 나라는 태국이었다.
우선 배낭여행족이 많이 모인다고 하는 카오산으로 향했다.
하지만 여행을 시작하고 2주간,
의욕을 갖고 세계 일주 블로그 제목도
'싹둑싹둑 여행 일기'로 한 것까지는 좋았는데,
좀처럼 머리를 자르겠다는 사람을 찾지 못했다.
그렇다고 말도 안 통하는 나라에서
"머리 자르실래요?"라고 말을 걸 용기도 나지 않았다.

이대로 있다가는 말뿐인 사람이 되어버릴 것 같았다.
'그러면 안 되는데 어떡하지. 이대로는 안 되겠어.'
작전 실행, 또다시 포스터를 만들어 숙소에 붙였다.

"Price is up to you!"

"머리 자르고 싶은 분, 부담 없이 오세요."
"Price is up to you!(가격은 당신 마음대로입니다!)"
그러자 의외로 숙소에 머물고 있던 투숙객이나 여행자들, 직원들이
흥미 반, 관심 반으로 하나둘 머리를 자르러 오기 시작했다.

그 후 나는 오토바이를 빌려서
태국 북부에 있는 수장족 마을로 갔다.
자그마한 가방에 쑤셔 넣은 것은 오로지 카메라와 미용 도구뿐.

내가 할 수 있는 것은 오로지 제스처뿐

상대는 영어도 통하지 않는 사람들.
물론 내가 할 수 있던 것도 제스처뿐.

'머리를 잘라주고 싶은데……'
의사소통이 전혀 되지 않았다.

손으로 싹둑싹둑 자르는 시늉을 해도
수장족 사람들은 그저 흉내를 내거나 웃기만 할 뿐이었다.
마을 사람들 거의 모두에게 말을 걸었다.

'이제 남은 건 촌장처럼 보이는 여성뿐. 그래, 이렇게 된 이상!'
가위 케이스를 허리에 차고서
손에 가위를 쥐고 머리 자르는 시늉을 했다.

"어? 알겠어?"
"나 미용사야! 머리 잘라줄게."
정말 필사적으로 제스처를 하며 어필해 보였다.

그러자 그녀는 웃으며 알겠다는 듯 고개를 끄덕여주었다.
'성공! 드디어 머리를 자를 수 있게 됐어!'

수장족 촌장의 머리를 자르다

그런데 머리 위에 있는 것은 터번? 먼저 이것을 벗기자,
'어쩌면 이제껏 한 번도 잘라보지 않은 건가?'라는
생각이 들 정도로 긴 머리카락이 둥글게 말려 있었다.
긴 머리카락을 잘라 정리한 다음,
앞머리를 똑바르게 싹둑 치고, 보브 스타일로 다듬었다.

드디어 무언의 커트를 끝내고, 손거울을 건넸다.
그녀는 말없이 거울을 보고 나서 양손으로 얼굴을 감쌌다.
그것을 어린아이처럼 몇 번이고 되풀이했다.
'아, 수줍어하고 있는 거구나!'

다행히 만족해하는 듯했다.
생각해보면 그녀와는 한마디 대화도 주고받지 못했다.
'귀여운 느낌이 나게 해주고 싶어요.'
마음속으로 생각을 하고 있다면
말 없이도 서로 통할 수 있다는 것을 알게 되었다.

'잘했어.'
내가 어떤 행동을 보여주면
반드시 무언가를 얻게 된다는 것을 깨달은 순간이었다.

고마움의 표시로 준 수제 열쇠고리

오토바이를 타고 돌아가려 하는데 그녀가 따라와
'고마움의 표시'라며 손수 만든 열쇠고리를 건네주었다.

'이 사람들은 머리를 잘라줘도 값을 치러야 한다는 개념이 없다.
그런데 머리를 잘라준 것에 대한 고마움을 느끼고
이렇게 은혜에 대한 보답을 해주다니……'

그녀의 마음이 너무 고마워서 나도 모르게 눈물이 났다.

드디어 시작된
싹둑싹둑 세계 일주 여행!

이렇게 시작된 나의 싹둑싹둑 세계 일주 여행.

숙소에 도착해서는 맥주와 와인을 마시며
여행 이야기로 밤이 새는 줄도 몰랐다.
여행자들과 정보 교환을 하며 머리도 잘라주고,
밤에는 숙소 직원들의 머리를 잘라주기도 하면서
그렇게 하루하루가 되풀이되었다.

머리를 자르며 사람들과 이런저런 이야기를 많이 나누었다.
사람을 대하는 법, 인생관, 살아가는 법······.
만난 지 겨우 하루밖에 안 되었지만
머리를 만져줘서 그런지 마음속까지 통하는 듯한 만남도 있었다.
'내가 미용사여서 정말 다행이다'라고 몇 번이고 생각했다.

중국 원양이라는 마을.
"니 샤리 파-마?(머리 자르실래요?)"
서툰 중국어로 말하자 한 꼬마 아이가 신기한 듯 다가왔다.

머리를 잘라준 다음, 그곳은 어느새 종이접기 교실이 되어버렸다.
비행기, 학, 이제 배우기 시작한 것들까지 총동원되었다.

달리는 미용실로 아메리카 횡단하기

아메리카에서는 캠핑카를 빌려 횡단을 했다.
'원피스 호'라고 이름 붙였던 그 차가 나의 미용실이었다.

로스앤젤레스 가까이에 있는 바닷가 마을, 산타모니카.
원피스 호를 해안가 주차장에 세웠다.
그리고 나서 커다란 포스터를 붙였다.
'비치에서 즐기고 있는 사람들이 제발 이쪽으로 와줬으면….
근데 혹시 경찰에게 걸리는 건 아니겠지?'
이런 걱정도 살짝 했는데 글쎄 LA 경찰이 가까이 다가오더니
엄지손가락을 척 들어올리는 것이 아닌가!

원피스 호에서 나는 머리를 잘랐다.
눈앞에 보이는 것은 새파란 해변,
들려오는 것은 우쿨렐레 연주 소리, 파도 소리
그리고 사각사각 가위 소리.
뉴욕의 미용사 두 명도 머리를 자르러 와주었다.
"너희들 정말 멋진데!"
"너야말로 대단해!"
'아! 내가 지금 하고 있는 것이 틀리지 않았구나.'

그 후로도 세계 곳곳을 누비며 머리를 잘랐다.

가위만은 훔쳐가지 않아 그나마 다행

나는 그랜드캐니언의 절경을 바라보며 머리를 잘랐다.
이스터 섬에서는 모아이의 뜨거운 시선을 받으며 머리를 잘랐다.
석양에 안기어 사하라 사막 한가운데에서도 머리를 잘랐다.
한번은 해가 저물어 아무것도 보이지 않아 도중에 끝낸 적도 있다.
콜롬비아에서 가지고 있던 돈을 전부 도둑맞았을 때
생일날 받았던 위스키도, 산 지 얼마 안 된 텀블러도 모두 사라졌다.
하지만 다행히 가위만은 그대로 있었다.
정말 가위만큼은 훔쳐가지 않아 다행이었다.
그날 밤에도 언제나처럼
나는 숙소에서 여행자들의 머리를 잘라주었다.

그리고 내 인생을 바꿔준 일이
여행을 시작하고 5개월째 접어들었을 때 일어났다.

인도의 콜카타라는 마을에는 마더 테레사가 온몸을 바쳐 일했던
유명한 시설 '마더 하우스'가 있었다.
많은 사람들이 그곳으로 봉사를 하러 갔다.

'나는 봉사정신이 그다지 투철하지 않지만,
그래도 머리를 잘라줄 수도 있으니 한번 가볼까?'

가벼운 마음으로 가위를 챙겨 봉사활동에 참가했다.
내가 간 곳은 '핸디캡을 가진 아이들이 모여 사는 집'이었다.

그날은 생일 축하 파티가 있는 만큼 아이들의 웃음소리로 가득했다.

나는 한 사람씩 복도 한쪽으로 불러서 머리를 잘라주었다.

가만히 있지 못하고 날뛰는 아이, 우는 아이……

아이들을 다루는 방법을 잘 알지 못하는 나에게

이제껏 경험해보지 못한 어려운 순간이었다.

그러다 문득 한 무리의 아이들 속에서

한쪽 구석의 책상에 엎드린 채

움직임이 없던 여자아이의 모습이 눈에 들어왔다.

생일 축하 파티 내내, 한 세 시간 정도 그렇게 엎드려 있었던 걸까?

자폐증 여자아이의 머리를 자르다

나: "저 여자아이는 왜 그래요?"

관계자: "저 아이는 자폐증이 심해서 혼자 서는 것도, 걷는 것도 할 수 없어요. 물론 말하는 것도요."

나는 나도 모르게 이렇게 말해버렸다.

"저 아이의 머리카락을 잘라주고 싶어요!"

여성 관계자에게 내 의향을 전하고,

둘이서 그 아이의 어깨를 잡고,

친구들의 머리를 잘라주었던 곳으로 데리고 갔다.

의자에 앉아서도 그 아이의 시선은 쭉 아래만 향하고 있다.

눈도 맞추려 하지 않고, 말을 걸어도 무반응이었다.

나는 관계자에게 그 아이의 어깨를 누르고 있어달라고 부탁했다.

내가 받은 건
말로 다 표현할 수 없는 감사함

'싹둑!' 길게 자란 머리카락을 어깨선 정도의 일직선으로 잘랐다.
나는 어깨를 살짝 두드리며 거울을 보여주었다.
아이가 웃었다.

그런 후 내 얼굴을 보고,
목소리는 나오지 않았지만 "고마워요"라고 입모양을 해 보였다.
그것만이 아니었다. 자신의 발로 스스로 일어섰다.
이제껏 일어서는 것도 혼자 할 수 없었던 아이가
나에게 "손잡고 같이 걸어요"라고 말했다.

나는 울 수밖에 없었다.
'머리카락을 잘라주는 것으로 한 사람의 인생을 바꿀 수 있구나!'
그런 것을 깨닫게 해준 고마운 사건이었다.

"고마워요, 건배!"라고 몇 번이나 외치다

여행의 마무리는 한국.
그곳에서 일본행 페리를 탄 나는
수하물만 자리에 내려두고 갑판 위로 향했다.
마지막 날 밤은 혼자 있고 싶었다.
누구도 없는 곳에서 느끼는 바람이 어쩐지 기분 좋았다.

맥주를 사서 하늘을 향해 "건배!"를 외쳤다
동서남북, 방향을 바꿔가면서
세계 곳곳을 다니며 만났던 많은 사람들을 향해 네 번 외쳤다.
눈물이 나올 줄 알았는데,
발끝에서 머리 위로 스멀스멀 올라오는 것은
내 앞날에 대한 설렘 같은 것이었다.

귀국 후 나는 어느 미용실에서 점장으로 2년 반을 일하고,
서른이 되었을 때 나의 미용실 '브로콜리 플레이헤어'를 개업했다.
콘셉트는 '손님과 미용사의 거리감 없는 장소'다.
나의 가게에는 손님도 없고, 접객도 하지 않기로 했다.
10원도 못 벌더라도 손님들이 오고 싶어 하는 미용실을 만들고 싶다.
머리를 자르지 않을 때라도 커피 한잔 마시러 들러도 좋고,
해먹에 누워 만화책을 읽어도 좋다.
처음 온 사람도 돌아갈 때에는 한 발 다가가 친구가 되고,
그 사람의 인생에 조금이라도 여운이 있길 바란다.

미용사는 머리카락을 자르는 것으로
누군가의 인생을 바꿀 수도 있다.
기술이 있는 것은 물론, 그 외에도 가능한 것이 있다고 생각한다.

나는 세계 일주 따위에는 눈곱만큼도 관심이 없었다.
하지만 세계 속에서 나는 즐거움을 얻고, 넓은 세상을 보았다.
그리고 나 자신에 대해 조금 더 알게 되었다.
마더 하우스에서의 경험,
세계를 누비며 만난 사람들의 기뻐하던 얼굴.
가위를 들고 있는 것만으로도 영어를 할 수 있게 되고
낯가림도 없어지고……, 가위만 있다면 난 무엇이든 할 수 있었다.

내가 떠난 세계 일주의 의미

이 여행을 통해 나 자신이 얼마나 성장했는지는 잘 모르겠다.
누군가 "세계 일주란 어떤 거야?"라고 묻는다면
난 "놀이"라고 말할 거다.

단, 여행을 떠나기 전에는 그렇게도 불완전연소 같았던 나 자신이,
또 '미용사'라고 하는 이 직업이 너무너무 좋아졌다는 것.
머리카락을 자르는 것은 인생을 바꿀 수 있는 것이라고까지
생각하게 되었다는 것.
그것만으로도 세계 일주를 떠난 의미가 있었다고 생각한다.

세계 일주 여행 루트

<in> 호주→미국→칠레→볼리비
아→페루→브라질→아르헨티나→
에콰도르→스페인→이탈리아→체
코→독일→벨기에→프랑스→영국
<out>

가족의 행복을 다시 한 번 생각하게 된 여행

갈라파고스제도의 사막에 그린 배 속 새로운 생명의 미래

오오야 스리 (당시 만 28세) / 회사원
164일간 / 15개국

Change?

가족과 함께 시간을 보내지 못했던
아빠

 ?

가족과 함께 세계 일주를 떠나다

스물일곱 살 때 나는 두 가지를 두고 저울질을 하고 있었다.
그것은 바로 '가족의 행복'과 '일에서의 성취감'이었다.

스물세 살 때 결혼을 하고, 스물네 살 때 딸 유리나가 태어났다.
지난 4년간 가족과 보내는 시간도 줄이고 일에만 몰두해 있었다.
쉬는 날이 없어도 좋을 만큼 일하는 게 너무 즐거웠다.

그러던 어느 날 문득 이런 생각이 들었다.
'내 인생, 정말 이대로 괜찮은 걸까?'
나는 모든 것을 다시 시작하기로 마음먹었다.
그리고 가족들을 데리고 세계 일주를 떠나기로 결심했다.

어리석은 발상이었는지도 몰랐다.
간호사였던 아내와 아직은 어린이집에 다니는 네 살짜리 딸.
우리 모두 해외에는 한 번도 나가본 적이 없었다.
아내에게 **"어때?"** 라고 묻자, 의외로 돌아온 답은 **"좋은데!"** 였다.
'어떻게든 되겠지?' 라고 복잡하게 생각하지 않는 그녀에게 고마웠다.

사회생활을 시작하고 나서
대부분의 시간을 일만 하며 보내온 나는
가족들에게 무언가 특별한 것을 남겨주고 싶다는 생각이 들었다.

네 살짜리 딸에게
타임캡슐 같은 여행이 되기를!

네 살 된 딸에게 이제껏 어떤 것도 남겨주지 못한 아빠의 선물.
아이의 기억에 무엇이 남을지 잘 모르겠지만,
타임캡슐처럼 언젠가 꽃피우기를 바라고 있다.

유리나: "외국에 가서 뭐 하는 거야?"
나: "비행기도 많이 타고, 전철도 타고, 매일 함께 많은 것을 보러 가
자. 엄청 재미있을 거야."
유리나: "응!"
나: "조금은 긴 소풍 같은 거야."

그렇게 우리 세 식구의 세계 일주 여행이 시작될 줄 알았는데,
출발하기 8일 전에 또 하나의 선물이 기다리고 있었다.

걱정과 기대를 가득 품은 우리 눈에 보인 것은
'+'라고 하는 자그마한 기호.
새로운 생명의 양성 반응이었다.
곧바로 병원으로 달려가 의사 선생님과 상담을 했다.

다행스럽게도 여행을 가도 된다는 소견을 들었다.
"귀국하면 바로 병원에 들러주세요. 여행 이야기도 들려주고요."
의사 선생님은 그렇게 우리를 안심시켜주었다.
우리는 다시 한 번 네 식구의 여행을 결심했다.

아내는 이렇게 말했다.
"아기는 내가 꼭 지킬 거야. 강하게 자라주면 좋겠어."

'아마도 세상에서 당신이 가장 강한 사람일 거야.'
나는 마음속으로 속삭였다.

어린아이를 데리고,
게다가 임산부의 배낭족은 거의 없을 것이다.
하지만 그런 가족이었기에 가능했던,
조금은 색다른 세계 일주였다.

딸에게 모아이는 '이상한 허수아비'

네 살짜리 딸아이가 봤을 때
이스터 섬의 모아이는 '이상한 허수아비'에 불과했고,
다섯 살 생일을 기념하여 선물한 갈라파고스의 대자연도
아직 무엇과 비교할 것이 없는 아이에게는
그저 쉽게 볼 수 있는 당연한 것처럼 여겨지는 듯했다.
아이가 목적지를 그나마 쉽게 이해한 곳은 단 한 군데,
'프랑스의 디즈니랜드!'
반응이 좋았던 것은
사막의 꼭대기에서 급강하하는 '이카 사막의 샌드보딩'.
그때 아이는 **'놀이동산보다 재미있어!'**라고 말했다.

어느 이민 부부와의 만남

네 식구가 함께 하는 세계 일주이기에
가끔씩 어려움에 부딪히기도 했다.
딸에게는 '이상한 허수아비'가 있는 곳에 불과했던 이스터 섬.
그곳에서 두 번이나 잊을 수 없는 만남이 있었다.

크리스마스를 앞둔 12월 18일.
우리는 이스터 섬으로 가는 칠레 공항으로 향했다.
마침 공항에서 우리처럼 이스터 섬행 카운터로 가던
한 쌍의 일본인 부부가 말을 걸어오며 그 장소를 알려줬다.

그러고서 이스터 섬에 도착해 가족과 산책을 하고 있는데,
공항에서 만났던 그 부부가 앞에서 걸어오고 있었다.
스치듯 지나가려던 찰나에 서로 "어, 아까!"라며 말을 건넸다.
보통의 관광객과는 약간 다른 분위기를 풍기고 있던 두 사람.
알고 보니 전쟁 후 브라질로 이민을 간 부부였다.

아내의 배 속에 아기가 있다고 이야기하자,
**"아들이 상파울로에서 산부인과의를 하고 있으니까 괜찮으면 와요.
돈도, 머물 곳도 걱정하지 않아도 돼요"라고 말해주었다.**

"여행을 하는 중에도 잘 자라주고 있구나"

그로부터 57일 뒤, 우리는 상파울로로 향했다.
부부는 공항으로 마중을 나와주었고,
바로 아들을 소개해주어 산부인과 검진을 받을 수 있었다.
덕분에 새로운 생명을 확인했다.
여자아이였다. 솔직히 우리 부부는 그제야 안심할 수 있었다.
"여행을 하는 중에도 이렇게 잘 자라주고 있구나."

그 후 그 부부는 홈스테이도 할 수 있게 해주고,
동물원이며, 미술관이며 데리고 다니면서
매일같이 우리를 위해 애써주었다.
그 부부에게 마음 깊이 감사의 말을 전하고 싶다.
"정말 고맙습니다!"

여행을 하며 아내와 이런 이야기를 나눴다.
"가족이기에 함께 할 수 없는 여행도 있어.
하지만 가족이기에 가능한 여행도 있는 것 같아.
그것을 알게 된 것만으로도 행복한 것 아닐까."

그 후에 간 갈라파고스제도에서
우리는 앞으로 태어날 딸아이의 이름을 모래사장에 새겼다.
'세이라(푸른 하늘)',
그렇게 세계의 하늘은 푸르고 아름다웠기 때문이다.

울려 퍼지는 총성, 죽음을 상상하다

카니발의 열기가 식지 않은 2월의 브라질.
상파울로에서 버스로 열 몇 시간을 달려 이구아수 폭포에 도착했다.
세계 유수의 폭포수에 몸을 담갔을 때의 기분은 최고였다.
딸아이도 "물놀이하고 싶어"라고 말하던 차에 안성맞춤이었다.

호텔로 돌아가는 버스 안.
아내: "무슨 냄새나지 않아?"
나: "응, 그러게."
그러다 버스 뒤에서부터 연기가 모락모락 피어오르더니,
버스가 급정차했다.
"브라질 버스는 위험하네."
그렇게 말할 때까지만 해도 아직 여유가 있었다.

상파울로로 향하는 버스에 탄 것은 밤 9시.
모두가 잠들어 조용해진 11시경,
버스가 돌연 급브레이크로 고속도로 옆 풀숲에 처박혔다.
아내와 나는 잠에서 깼지만, 딸아이는 아직 꿈나라에 빠져 있었다.
주위가 시끄러워지며, 모두들 어떻게 된 일인지 살폈다.

"&$!" 무슨 말인지 알 수는 없었지만, 다투는 소리 같았다.
"탕!" 그다음 순간, 총성이 울려 퍼졌다.

"꺅!" 비명 소리가 들리고,
모두가 "뭐야, 어떻게 된 거야!"라며 소란이 일어났다.
운전기사가 도움을 요청하는 소리에
버스 승객 중 몇 명이 밖으로 뛰어내렸다.
1분 정도의 혼란 뒤, 지쳐 보이는 얼굴의 남성이 구속되었다.

사건의 진상은, 다량의 약을 복용한 범인이
빌린 돈을 갚기 위해 인생을 걸고 버스 강탈을 시도한 것이었다.
버스 앞에 갑자기 뛰어들어 버스가 풀숲에 처박히자,
운전기사의 손을 총으로 쏜 듯했다.
한 시간 후에 경찰이 와서 그에게 수갑을 채워 체포해갔다.

죽음을 상상한 그 순간, 나는 정말 여러 가지 생각에 휩싸였다.
'가족을 지켜야 해. 꼭 살아서 돌아가야 해.
딸에게 이 사건이 부정적인 기억으로 남게 해서는 안 돼.'

현장을 벗어날 때에는 벌써 아침이었다.

"건강하게 잘 자라고 있어요!"

마음 따뜻한 사람들과의 만남, 죽음을 상상했던 순간,
그런 시간들을 보내며 어느새 4월이 되었다.
둘째 딸 세이라가 태어날 예정일이 3개월 앞으로 다가와
우리는 귀국을 했다.
귀국 후 곧바로 산부인과를 방문했다.
브라질에서 진단 받은 이후
처음 검진을 받는 거라 심장이 두근두근했다.

의사: "대자연을 만끽하며 걸어서인지 건강하게 잘 자라고 있어요."
출산에 필요한 만큼의 체력과 에너지를
아내와 딸은 세계 일주로 비축해두었던 것이다.
7월 2일, 세이라는 순탄하게 세상에 나왔다.

유리나는 유치원에 다니기 시작했다.
의외로 아이는 곧잘 적응했다.

당시 유리나는 여행에 대해 이렇게 말했다.
"체코 친구와 노는 게 재미있었어!"
그 친구에게는 지금까지 편지도 쓰고, 선물도 보내고 있다.
"다시 디즈니랜드에 가고 싶어!"
유리나는 디즈니랜드가 파리에만 있는 것이라고 생각하고 있다.

"제일 맛있었던 음식은 에콰도르의 바나나!"
스페인의 파에야나 리마의 츄러스 등등.
"이카 사막의 샌드보딩이 역시 최고였어!"

그 밖에도 생각보다 많은 것을 기억하고 있는 듯하다.

"살아가는 힘이 넘쳐나는 것 같아요"

여행에서 돌아오고 나서 1년 뒤, 초등학교 1학년이 된 유리나의
담임 선생님은 개인 면담 때 이렇게 이야기했다.
"유리나는 뭔가 살아가는 힘이 넘쳐나는 것 같아요."
기분 좋았다. 어떤 흔적도 남길 수 없는 나의 유일한 선물이
어디선가 이 아이와 함께하고 있다는 사실이.

세계 일주를 하는 동안 유리나는
많은 여행자들과 시간을 공유하며 웃었다.
아이가 있어 분위기가 더욱 화목해진 때도 있었고,
아이의 웃는 얼굴에 모두가 힘을 얻을 때도 참 많았다.
자신이 그러한 존재였다는 것을
그 자그마한 아이가 마음속 어딘가에 잘 새기고 있다면,
분명 누군가를 행복하게 해줄 수 있는 어른으로 자라날 것이다.
나는 그렇게 되리라 믿는다.

해외여행 TV 프로그램에서 알고 있는 장소가 나올 때마다
반응하는 여덟 살 아이.

"다음에 꼭 가고 싶다. 마추픽추, 비가 와서 못 갔었잖아."
이 말에 부모로서 조금은 깜짝 놀랐다.

이 아이들은 어떤 어른이 될까?

그리고 작년, 또 하나의 생명이 태어났다.
세계를 경험한 아이, 배 속에서 세계를 느낀 아이,
그 세상을 전혀 모르는 아이.
이렇게 세 명의 아이들과 함께 살아가는 것이 무척 행복하고 즐겁다.

'세상에는 정말 많은 아이들이 있다.
우리의 세 아이는 어떤 어른이 될까?'

세계에는 굉장히 다양한 사람들이 있다.
사람을 대하는 것에 능숙한 사람.
일보다는 행복하게 보내는 시간을 소중히 하는 사람.
생판 모르는 여행자를 집으로 초대해
가족처럼 따뜻하게 대해주는 사람.
긴 시간 버스로 이동 중 네 번이나 펑크가 났어도
그것을 즐길 줄 아는 사람.

틈만 나면 무언가를 훔치려 하는,
나빠 보이는 얼굴을 하고 있는 사람.
생활이 어려워 자꾸 버스 강탈을 시도하는 사람.

가능한 세계를 넓혀가며 자극을 받기를!

나는 아이들이 가능한 세계를 넓혀가며,
가능한 많은 자극을 받았으면 한다.
그리고 각각의 사람들에게서 좋은 부분은 배우고,
나쁜 부분에는 의문을 가지며 살아갔으면 좋겠다.

9월부터 우리는 스페인 바르셀로나에서 오는
여행자를 상대로 홈스테이를 할 계획이다.
세계 일주 여행을 하며 느낀 생각과 감사한 마음을
조금이라도 미래의 젊은이들에게 돌려주고 싶다.
홈스테이라고 하는 선택이
반드시 세 아이의 미래에
소중한 선물이 되기를 바라며…….

세계 일주 여행 루트

<in> 홍콩→인도→영국→프랑스→
독일→체코→오스트리아→헝가리→
터키→이집트→스페인→에콰도르→
페루→볼리비아→칠레→뉴질랜드→
호주 <out>

꿈의 출발점에 서게 해준 여행

‘이 세상에서 나쁜 사람은
전부 사라진 것 아닐까?’

사이토 쿄코 (당시 만 22세)/ 대학생
80일간 / 17개국

Change?

자신의 미래를 상상할 수 없었던
취업준비생

?

나의 꿈은 세계를 다니며
만나고, 보고, 체험하는 여행자

중학교 졸업 앨범에 썼던 나의 꿈,
'세계를 다니며 만나고, 보고, 체험하는 여행자.'
안타깝게도 이 꿈에 대한 기대는 고등학생 때 사그라들었다.
정말 눈 깜짝할 사이 시간은 흘러가버렸고,
어느새 나는 대학생이 되어 있었다.
3학년 가을부터 취업활동을 시작하기는 했지만,
미래의 나는 무엇을 하고 있을지 전혀 상상이 안 되었다.
취업활동을 하고 있는 것은 분명 나인데, 마음은 그곳에 없는 듯했다.

기업에 취직하는 것이 아닌 무언가 다른 길을 생각할 무렵
나는 깨달았다.
'그러고 보니 나는 세계 여행은 둘째 치고 해외에 한 번도 나가본 적이 없잖아!'

'역시 처음은 배낭여행의 성지, 태국이 낫겠지?'
'아니, 유럽에서 본고장의 햄과 와인을 맛보는 것도 좋을 것 같은
데…….'
'아니지, 모처럼 해외에 나가는 거니까 역시 이스타 섬의 모아이?'
여기저기 알아보니 모든 곳이 멋지고,
가고 싶다는 마음이 점점 강해졌다.
'아, 어디로 갈지 정하기 힘들다. 에라, 모르겠다. 전부 가보자!'

나는 결국 세계 일주를 하기로 마음먹었다.

처음 떠나는 해외여행, 내 인생 최초의 세계 일주.

'앞으로 하고 싶은 것이 머릿속에 그려지지 않는다면,

우선 지금 하고 싶은 것을 해보는 거야!'

"만국의 공통어, 제스처만 잘하면 돼"

출국 전날, 일이 꼭 눈앞에 닥쳐야만 하는 나는

열쇠도 사고, 이것저것 준비하느라 바빴다.

그런데 필요한 것들을 사서 오는 길에 교통카드 사용법을 몰라

난처해하는 외국인 관광객을 만났다.

"왜 그러세요?"

용기를 내 묻자, 유창한 영어로 말하기 시작하는 그들.

서로가 무슨 말인지 잘 모르겠다는 표정.

일단 만국의 공통어인 제스처로 "탁 대고 가면 돼!" 하는 시늉을 했다.

무사히 교통카드를 구입한 두 사람은 카드 대는 곳에 탁 대고 가서

반대편 홈에서 웃으며 손을 흔들어주었다.

나는 기분이 좋았다.

'아, 이렇게 언어의 장벽을 뛰어넘으며 나의 여행도 시작되는 거야.'

걱정으로 가득했던 마음이 어느새 기대로 바뀌어가는 출발 전야였다.

휴학 없이 꽉 채운 3개월의 세계 일주!

나는 휴학을 하지 않고
여름방학부터 10월까지 3개월간 짧은 여행을 했다.

처음 만난 세계는 홍콩. 처음 도착한 다른 나라.
우선 해외 버스에 도전해보기로 했다.
32HKS라고 쓰여 있는 것을 보고
나는 망설임 없이 40홍콩달러를 넣었다.
그런데 거스름돈이 안 나왔다.
일단 운전기사 아저씨에게 가고 싶은 곳을 전했다.
이렇다 저렇다 대답 없는 기사 아저씨, 알아들을 수 없는 중국어.
정신 바짝 차리고 버스 정류장 수를 세어가며 가던 중
작은 흔들림에 나도 모르게 입가로 흘러나온 침.
깜짝 놀란 내가 내리려고 하자 기사 아저씨가 "넥스트!"라고 외쳐주었다.
나는 다시 자리로 돌아왔다.
"무심한 듯했지만 신경 써주고 계셨던 마음 따뜻한 기사 아저씨,
고맙습니다."

점찍어뒀던 숙소에 도착해 문을 열자,
팬티 차림의 아저씨 한 명이 나왔다.
아저씨: "오늘은 만실이라 방이 없는데……."
나: "네? 안 되는데……."
나는 그곳에 가면 당연히 머물 수 있을 거라고 생각했었다.

'난 어떤 상황에서든 방법을 찾아야 하는 배낭여행자잖아.
그래, 다른 저렴한 곳을 더 찾아보자!'

나처럼 그곳에 왔다가 허탕치고 돌아가는,
중국어를 잘하는 한 오빠가 있었다.
우리는 함께 숙소를 찾아 걷고, 걷고 또 걸었다.
솔직히 너무 힘들어서 아무 데라도 좋으니까
빨리 들어가고 싶은 심정이었지만,
그 오빠는 조금이라도 저렴한 곳을 찾고 싶어 했다.
'이런 사람이야말로 진정한 배낭여행자라고 할 수 있는 거지!'

"미안해요, 여성 한 명만 들어갈 방이 있어요."
어렵게 찾아 들어간 곳의 주인이 이렇게 말했다.
결국 나만 그곳에 묵기로 했다.

나 : "그동안 정말 고마웠어요!"
오빠 : "응, 여행 잘해!"

같은 방에는 중국인 여자 한 명이 묵고 있었다.
그녀는 민낯에 안경을 끼고, 둥그런 머리 모양을 하고 있는 내게
"정말 예쁘다"며 세계 공통 접대용 멘트를 날려주기 시작했다.
내 생애 처음 도미토리에서의 밤은 그렇게 지나갔다.

유럽으로 순식간에 이동하다!

두 번째 나라, 정말 다양한 모습을 볼 수 있었던 인도를 여행하고,
세 번째 나라는 휙 날아서 영국으로!
숙소에서 가장 가까운 역까지 일단 간 나는
'숙소가 어디지?' 하며 두리번거렸다.
그때 친절하게 말을 걸어주며 숙소까지 데려다주었던 아저씨.
'생각만 해도 마음이 따뜻해져 눈물이 난다.'

세상에서 나쁜 사람은 모두 사라져버린 것 아닐까?

유럽 여행은 꽤 빠른 속도로 다녔다.
버스를 타고 런던-파리-베를린-프라하-헝가리로 이동했다.

예정 시간보다 빨리 도착한 야간 버스, 갑자기 내리라니……
"여긴 도대체 어디인가요?" "파리요!"
'응? 벌써 파리라고?'
알고 보니 빨리 도착한 것이 아니라 시차가 있는 것이었다.
모두들 티켓을 끊어 전차를 타러 가는데,
아직도 정신이 없는 내 손에는 영국 파운드뿐이었다.

프랑스에서는 영국 화폐를 쓸 수 없으니
어떻게 해야 할지 몰라 허둥지둥하고 있는데
내 앞에 거구의 사나이가 나타났다.
"어디까지 가는데?" 나는 "○○호텔"이라고 대답했다.
그러자 그는 자신의 티켓을 내게 주고 함께 전차에 타주었다.
숙소에 전화도 해주었다.
전철 노선도에 내가 내려야 할 곳까지 친절히 표시해주고 난 후
그는 내렸다.
'어쩜 이렇게 모두 마음이 따뜻할까?'

'아마도 세상에서 나쁜 사람은 모두 사라져버린 것 아닐까?'
무모하고 조그마한 나에게 여행은 시작부터 고마움의 연속이었다.

'어째서 나는 영어를 잘할 수 없는 걸까.'
하고 싶은 말을 전할 수 없어 안타까웠다.

기쁨도, 슬픔도 혼자가 되어 생각하다

다람쥐 쳇바퀴 돌 듯 평소처럼 생활했다면
절대 만날 수 없었을 사람들.
같은 여행자라 하더라도 다양한 삶의 배경과 생각이 있어서,
내가 당연하다고 여겼던 것이 전혀 당연하지 않을 수도 있다는 것을
매일 새롭게 알아가는 것.
기쁨도 즐거움도, 두려움도 슬픔도 마찬가지였다.
그리고 다시 혼자가 되어 생각했다.
이러한 것을 반복해가는 것이 여행의 매력 아닐까?

유럽을 뒤로하고 터키로 향했다.
가장 큰 이유는 카파도키아에서 열기구 투어를 하기 위해서였다.
그래 놓고는 열기구를 타기로 한 날 늦잠을 자버린 나.

'전화도 없고 어디서 타야 하는지 장소도 모르는데…….
아, 어떡하지. 정말 구제 불능이구나, 너는.'

울면서 어딘지 모를 길을 찾아 헤매다

열기구를 타고 싶은 마음이 간절했던 나는
일어나자마자 밖으로 뛰쳐나와 멀리 저 멀리
보이는 열기구를 향해 무조건 달렸다.

그런데 달려도, 달려도 어찌 된 일인지
전혀 열기구와 가까워지지 않았다.
어딘지 모를 길에서 풀숲을 헤치며
비치샌들을 신고 울면서 달렸다.
30분 가까이 계속 달린 끝에 나는 드디어 열기구 타는 곳에 도착했다.

내 몸에는 알 수 없는 가시풀이 잔뜩 붙어 있고,
얼굴은 눈물과 콧물로 범벅이었다.

나: "정말 미안해요. 늦잠을 자버렸어요!"
직원: "OK! No problem!(괜찮아, 문제없어!)"

둥실 떠오른 열기구에서 흐른 눈물

내가 처음 열기구를 타려 했던 곳과는 전혀 다른 곳이었지만,
직원은 이미 떠오른 열기구를 다시 하강시켜 나를 태워주었다.

또다시 눈물이 쏟아졌다.
다른 탑승자들도 "정말 다행이에요"라며 위로의 말을 건네주었다.
이른 아침의 차분한 거리와 상쾌한 공기,
떠오르는 태양에 물든 록밸리와 많은 열기구들.
친절히 대해주는 사람들과 함께한 그 순간의 하늘은 너무나 아름답고,
가슴이 벅차서 많은 눈물이 흘렀다.
숙소에서 정신없이 나오는 바람에 카메라도 챙기지 못했지만,
그 순간의 절경은 내 기억 속에 선명하게 새겨져 있다.

그다음 여행지는 드디어 아프리카 대륙! 사막의 나라, 이집트!
세계 3대 여행하기 쉽지 않은 나라로 불리는 나라 중 두 곳,
인도와 이집트.
사실 나에게는 좋아하는 나라 상위 랭킹에 들어가는 나라들인데…….

불과 한 달 전까지만 해도 카페에서 빵을 굽고 있었는데,
지금의 나는 이집트의 사막에 있다는 것이 새삼 신기했다.

여행의 속도를 더해가며, 사막에서 캠프!

숙소에서 알게 된 중국인 네 명, 일본인 한 명과 함께 한 사막 투어!
그날 밤은 사막 한가운데에서 캠프를 했다.
현지인이 식사를 마련해줘 맛있게 먹고 난 후 연주회가 이어졌다.
큰 북을 두드리고, 노래하며 춤추고, 신나게 웃고 떠들고…….

사막에서 자기 전에 전기를 끄자, 바로 눈앞에서 펼쳐진 별, 별, 별.
이런 밤하늘 아래에서 그냥 잠들기는 너무 아까웠지만,
이른 아침은 또 이른 아침대로 다시 감탄사가 이어지는
일출을 만날 수 있었다.

그렇게 여행의 속도를 더해가며,
어느새 유럽으로 돌아가 도착한 곳은 스페인! 인사는 "올라!"
다시 슈웅 하고 하늘을 날아서 마침내 도착한 지구의 반대편 남미!

갈라파고스제도! 마추픽추!
우유니 소금호수를 보려 할 무렵에는 일정이 너무 빠듯했다.
우유니 소금호수를 보러 다시 한 번 오라는 신호로 생각하고,
볼리비아를 빠져나와 모아이가 있는 섬 이스터로 향했다.

"어디 가고 싶어?" "그럼 뒤에 타!"

이스터 섬은 유유자적한 느낌이 물씬 풍겼다.
도착한 순간, '아, 여기 딱 내 스타일이야'라는 생각이 들었다.
모아이를 보러 가기 위해
자전거를 빌리러 갔는데 자전거가 너무 커서 탈 수 없었다.
우선 터벅터벅 걷기 시작한 자그마한 나.
그때 한 대의 작은 트럭이 내 옆에 멈춰 섰다.

"어디 가고 싶어?" 아저씨가 말을 걸어왔다.
"오롱고!"라고 외치자 조수석에 타고 있던 부인이
"그럼 뒤에 타요"라며 짐칸에 태워주겠다고 했다.
이런 행운이 따르다니!

그런데 도착한 곳은 다름 아닌 밭이었다.
"먼저 채소 수확부터 합시다!"
마침 농과 대학생이었던 나는
멋지게 대량의 채소를 수확하고, 부부가 직접 지은 집으로 향했다.

로하스: 건강한 삶과 환경 보존을 추구하며 이를 실천하는 사람들

로하스인 부부와 함께 모아이와 석양을 보다

함께 식사를 준비해 먹고 나서 빗물로 세탁을 한 후
아저씨가 직접 조각하는 모아이의 모습을 바라보았다.
그렇게 한나절 홈스테이를 마친 후,
부부는 진짜 모아이가 있는 곳으로 데려다주었다.

처음으로 만난 모아이는
푸른 하늘 아래 용맹스럽고 늠름하게 서 있는 모습이
마치 모든 것을 다 알고 있는 듯 보였다.
부부와의 이별을 슬퍼하면서 손을 흔들며 돌아오는 길에 보인
바다로 잠겨가는 석양이 이번 여행에서 가장 아름답게 느껴졌다.

어느새 3개월간의 여행도 끝을 향해갔다. 마지막 나라는 호주.

울루루를 바라보며 버스로 도착한 곳.
바다 가까이에 있는 한적한 마을 퍼스는
여유 있게 나 자신을 생각하기에 최적의 장소였다.
나는 잔디 위에 드러누워 나의 앞날에 대해 찬찬히 생각해보았다.

잊고 싶지 않은 마음이 너무나 많았던 여행

'귀국하면 여행을 되돌아보며 추억에 잠겨
그때의 생각들을 한번 차근차근 정리해보고 싶지만,
막상 졸업 전 마지막 축제에 온 힘을 쏟고,
졸업 논문에 아르바이트까지 하느라
머지않아 예전의 일상으로 돌아가버리겠지?'

오래오래 잊고 싶지 않은 마음이 너무나도 가득한데…….
그런 생각에 빠져 있다가 문득
인도에서 구걸하던 아이들과의 만남이 떠올랐다.

"과자 사줘"라며 접근해오던 남자아이.
아직 여행 두 번째 나라인 인도에서 처음으로 구걸하는 아이를
만난 나는 무척이나 당황스러웠다.
개발도상국에서는 흔히 접할 수 있는 것이겠지만…….

"과자 사줘", 어떻게 해야 하지?

'어쩐지 관광객이 과자를 사주면 안 될 것 같고,
그렇다고 이대로 무시하고 가자니 마음이 불편하고…….
그래, 그럼 과자를 사서 이 아이와 함께 먹는 거야!'

하지만 과자를 사자마자 확 가로채간 아이는
이내 슬픈 얼굴을 하며 과자를 뒤로 감추어버렸다.
나도 왠지 슬퍼졌다. 내 생각이 잘못된 것이었을까?
나 자신도 알 수 없었다.
하지만 그다음에 만난 인도 남자와의 대화에서
그 답을 찾을 수 있었다.

그는 양복 가게를 운영하고 있었다.
가게에 진열되어 있는 옷들을 보니 패션 감각이 뛰어나 보였다.

나: "디자인한 그림들을 봐도 될까요?"
그: "디자인을 하는 방법을 모르는데요?"
나: "왜 몰라요?"
**그: "학교에 다닌 적이 없으니까요. 머릿속으로 생각하고 천을 자르는
거예요."**

그는 이미 자신의 가게를 가지고 있었지만,
더욱 큰 회사를 차리는 것이 꿈이라고 했다.

양복을 처음 만들 무렵에는 너무나 가난했지만 노력하다 보니까
어느 순간 런던에서도 주문이 들어오게 되어
그 돈으로 가게를 차렸다고 했다.

그는 말했다.
"인생은 정말 짧기 때문에 서둘러 꿈을 이루고 싶어!
정말 중요한 것은 지금 하는 가야!
자꾸 뒤로 미루다가는 어느새 할아버지가 되어 있을 테니까!"
그런 그도 어렸을 때에는 부모가
관광객에게 돈이나 초콜릿 등을 구걸해오라고 시켰다고 한다.
지금은 웃으며 자신의 꿈을 이야기하는 그를 보면서
조금 자극이 되기도 하고, 나도 모르게 행복한 마음이 들었다.

인도 사람이 인도를 바꿔간다

카스트제도 아래에서 살아가는 사람들은 아무래도
이것저것 자신의 미래를 선택할 자유가 없을 거라 생각했었다.
하지만 이렇게 스스로의 미래를 개척해가는 사람도 있었다.
사실 인도에는 어마어마한 부자가 많다.
부유층만 본다면 인도는 이미 충분히 발달해 있다.

언젠가 인도 사람이 인도를 바꿔가겠지…….
그러지 않으면 안 될 것 같다는 생각이 들었다.

성공 못 하더라도
일단 한 걸음 내딛어보는 거야!

'노력하면 그래도 조금은 꿈에 다가갈 수 있지 않을까?
성공할지 말지와는 별개로
일단 앞을 향해 달려 나갈 수는 있으니까.'

나는 일단 내 꿈을 결정하기로 했다.
집으로 돌아가서 이 느낌을 잊어버리고 바쁘다는 핑계로
'그런 생각을 할 때도 있었지'라고 생각해버리면 안 되니까.
나는 나의 미래를 선택할 수 있고, 그 길을 걸어갈 수 있다.

나의 꿈은 게스트하우스를 여는 것.
그래서 여행을 하면서 거의 대부분을 게스트하우스에서 머물렀다.
잘 모르는 곳에 도착하면
일단 그 지역의 게스트하우스에서 정보를 얻고,
오너와 다양한 이야기를 나누며
잘 모르는 곳에 대한 불안감을 떨칠 수 있었고,
친구들을 사귀기도 하고,
여행하면서 지친 몸과 마음을 편안하게 풀 수도 있었다.

내가 혼자 여행하는 이유는
물론 내 마음대로, 생각하는 대로 할 수 있기 때문이다.
그런데 사실 나는 혼자 있는 것을 그다지 즐기지 않는다.

아니, 오히려 누군가와 이야기를 나누고,
공유하는 것을 더 좋아한다.

나는 아침에 로비에서 누군가를 만나면 항상 먼저 말을 건넨다.
"안녕?" "어디에서 왔어?"
"우와, 오늘 가고 싶은 곳이 나랑 같네!"

잘 모르는 사람과 친해져 함께 길을 걷거나,
같이 식사를 하러 가는 것이야말로 배낭여행의 묘미 아닐까?
게스트하우스에서는 이런 만남이 넘쳐나고,
처음 만난 사이에도 무엇이든 거리낌 없이 이야기하게 된다.

그저 2, 3일 함께했을 뿐인데도
헤어지며 꼭 안아줄 때에는 나도 모르게 눈물이 난다.
다시 혼자가 된다는 쓸쓸함과
남은 여행을 건강히 잘 즐기기를 빌어주는 그 마음에 흐르는
고마움의 눈물.

새로운 사람을 만나
새로운 일, 새로운 감동을 만나게 되는 여행에서의 만남이 참 좋다.

꿈은 말하는 순간 이루어진다!

귀국 후 나는 게스트하우스에서 일하고 있다.
누군가 여행지에서 맞이하는 하루하루,
새로운 만남이 나의 생활이 된다.

여러 나라 중에서 우리나라를 선택하고,
그 많은 숙소 중에서 이곳을 선택해 찾아와준 분들에게 정말 고맙다.
그래서 내가 할 수 있는 한 전부 보답해주고 싶다!
나는 여행지에서의 따뜻함을 직접 피부로 느꼈기 때문에
이곳을 찾은 외국인들에게도
똑같이 많은 것을 느끼게 해주고 싶다.

"내년에는 내가 게스트하우스를 오픈할 예정이야!"

나는 이제껏 괜히 꿈을 입 밖으로 꺼냈다가
이루지 못하면 창피할 테니까 말을 안 해왔다.
하지만 '세계 일주'라는 말을 입 밖으로 꺼내고 나니
좀 더 빨리 실현이 되는 것 같았다.

'이제껏 생각만 하고 이루지 못했던 것들도
말로 표현하고 뒤로 미루지 않았더라면
이루지 않았을까' 하는 생각이 든다.

여행을 떠나기 전 그럭저럭 취업활동에 매진했던 나는
어떤 기분이었더라?
'모두 그렇게 살아가니까, 인생이 원래 그런 거니까,
그렇게 다들 때가 되면 취직을 하니까?
그게 진짜 네가 하고 싶은 거야?'

"지금 향하고 있는 곳으로 가자!"

세계 일주를 하며 가끔 써내려갔던 블로그의 마지막 말,
"지금 향하고 있는 곳으로 가자!"

게스트하우스 거실에는 큰 탁자를 놓고 싶다.
하루 일정을 마치고 돌아오면 모두가 그 탁자에 둘러앉아
함께 밥을 먹거나 이야기를 나눌 수 있도록.
소박한 꿈이지만 그런 곳을 만들고 싶다.
이번 여행에서 만났던 사람들이 이곳으로 와준다면
그때처럼 또다시 많은 이야기꽃을 피우고 싶다.

08

남과 비교하는 습관을 고치게 된 여행

홈리스가 해준
정성스러운 대접

다케우치 히데아키 (당시 만 20세)/ 대학생
181일간 / 20개국

Change?

고생을 모르고 자란 귀한   ?
도련님

귀하게만 자란 도련님의 세계 일주

'뭐든 말만 하면 다 들어주는 환경에서 귀하게 자란 도련님.'
세계 일주를 떠나기 전의 나를 한마디로 표현하면 딱 이랬다.

유복한 가정에서 태어난 나는
무엇 하나 부족함 없이,
무엇 하나 참을 필요도 없는 시간을 보내왔다.
사립 부속학교에 다녔던 나는 대학교에도 쉽게 들어갔다.
배우고 싶은 것도 말만 하면 언제든 배울 수 있었지만,
나는 어느 것 하나 꾸준히 이어가지 못하고 금세 싫증을 냈다.
그렇게 귀하게만 자라온 도련님은
20년간 전혀 스트레스 없는 삶을 살아왔다.

그러던 어느 날 문득 이런 생각이 들었다.
'이 정도면 풍요로운 인생이기는 하지만, 뭔가 부족해.
좀 더 신나는 일을 했으면 좋겠어.'
이것저것 생각해본 끝에 나는 '세계 일주'를 하기로 했다.

'혼자서 세계 곳곳을 떠돌아다니는 것도 멋질 것 같은데? 그래, 이거야!'

나는 친구들을 설득해보기로 했다.
이유? 그야 혼자 가는 것보다 친구랑 같이 가야 재미있을 것 같으니까.
정말 단순한 이유였다.

친구A : "있잖아, 우리 세계 일주 해보지 않을래?" "좋아!"

친구B : "있잖아, 우리 세계 일주 해보지 않을래?" "취직 준비를 해야 해서……." "하지만 지금밖에 없어, 우리가 자유롭게 세계 일주를 할 수 있을 때는." "그렇긴 하네, 그럼 가자!"

친구C : "있잖아, 우리 세계 일주 해보지 않을래?" "졸업이 얼마 남지 않아서……." "하지만 지금밖에 없다니까, 우리가 자유롭게 세계 일주를 할 수 있을 때는." "부모님이 허락해주실까?" "지금 아니면 언제 갈 수 있겠어?" "그러고 보니 그렇네. 그럼 가자!"

이렇게 생각보다 간단히 함께 여행할 네 명이 모여
세계 일주를 떠나기로 했다.

자극에 자극이 넘쳐나는 순간들

그렇게 시작한 세계 일주는 상상을 초월할 정도로 즐거웠다.

이제껏 본 적 없는 경치에 "우와 " 하며 감탄하고,
처음 먹어보는 요리에 "진짜 맛있다"라며 입맛을 다시고,
상상을 초월하는 미인 앞에서는 "진짜 예쁘다!"라며 눈을 떼지 못하고,
얼굴색이 다른 사람들과 "진짜 재미있다"며 배꼽 잡고 같이 웃기도 했다.

매일매일 자극에 자극이 끊임없이 넘쳐났다.

행복의 기준이 확 바뀌다

꼭 가고 싶은 곳을 몇 군데 정하고, 지도에 선을 그어가며
친한 친구들과 어울려 다닌 시간.
놀이의 끝판 왕, 희락의 궁극, 하루하루가 수학여행 같았다.

그렇게 웃고 떠들며 아무 걱정 없이 지내다
정말 바보가 되는 것은 아닐까 싶을 정도였다.
나에게는 행복의 기준이 확 바뀐 순간이기도 했다.

그런데 아무리 그래도 개발도상국을 여행하다 보니,
부정적인 요소가 눈에 들어왔다.

'빈곤.'
'food.' 요하네스버그의 교외에서 넝마를 감싼 아이들을
대할 때에는 마음이 슬퍼졌다.
'money.' 상파울루 슬램가에서 홈리스들이
구걸을 할 때에는 안타까운 심정이었다.

물론 개발도상국의 상황은 TV나 책을 통해 우리도 알고 있었다.
하지만 실제로 두 눈 앞에서 본 '빈곤'이란 녀석은 참으로 충격이었다.

이 아이가 나이고,
내가 이 아이였다면……

'개발도상국 중에서도 특히 더 가난한 나라에서 태어나
가난을 당연한 듯 물려받고,
아무리 노력해도 결코 벗어날 수 없는 가난의 굴레에 사는 사람들.
그들은 무엇을 잘못해서 그런 벌을 받게 된 걸까?
한편 잘사는 나라의 부유한 가정에서 태어나 그 복을 누리며
원하는 것은 무엇이든 손에 넣을 수 있는 환경에서 자라온 나 자신.
나는 어떻게 이런 복을 받게 된 걸까?'
가는 곳마다 나 자신과 내 눈앞에 펼쳐지는 광경을 비교했다.

'결국 이 세상을 살아가는 데 필요한 것은 돈이잖아.
돈만 있으면 행복도 살 수 있고,
돈이 없으면 마음도 피폐해진단 말인가?
내가 모두에게 너그럽다거나 괜찮은 녀석이라는
소리를 듣는 것도 필시 여유가 있기 때문일까?
아무래도 여유가 있으니까 너그럽게 대할 수 있는 거겠지?
나 역시 먹을 게 없었다면 구걸하거나 빼앗고 다녔겠지?
어디서 어떻게 태어나는지의 차이가 이렇게 크단 말인가?
원하는 것은 무엇이든 가질 수 있는 나는 결국 운이 좋은 거였네?'

지금 내 눈앞에서 더럽고 해진 옷을 걸치고,
한 손에는 꽃을 들고 애틋한 눈망울로 나를 바라보고 있는
이 아이가 나이고, 내가 이 아이였다면 좋았을 텐데…….

그렇게까지 생각할 필요는 없어

'뭐야, 모처럼 즐기고 있는데 찬물 끼얹는 생각하지 마!'
그런 생각도 들었다.

'아무리 그래도 그런 생각은 좀 심하지 않아?
그렇게까지 생각할 필요는 없잖아.'

순간의 동정에 이끌려 그런 생각을 하는 내가 싫었다.

포복절도, 즐거운 날들과 싫어지는 나

그렇게 자기혐오에 둘러싸여 있다가도
친한 친구들과 지내는 여정은 포복절도의 연속이었다.

세계 일주를 시작한 첫날,
인도에서 우리는 40만 원을 사기당하고,
악질에다 고액을 갈취하는 투어 일정에 완전 황당 그 자체였다.
런던 국회의사당에 있는 시계탑 빅벤에서 친구의 생일을 축하하며
극도로 추웠지만 멋지고 기억에 남을 만한 시간을 보내기도 했다.
우간다에서는 세계에서 가장 길다는 나일강의 원류에서
급류타기 체험을 했다.
너무 신이 나 흥분한 나머지 보트가 뒤집혀
죽는 줄만 알았던 래프팅까지.

**속으로는 이런저런 고민을 하면서도 얼굴색 하나 바뀌지 않고
여행을 즐기고 있었다.
그런 자신이 더더욱 싫었다.**

우리는 버스도 타고, 전차도 타며 탄자니아로 향했다.
잔지바르라고 하는 조금은 떨어져 있는 섬에서
여유롭게 시간을 보내고 있을 때의 일이었다.
밤바다 주변을 산책하고 있는데 한쪽에서 불꽃놀이를 하고 있던
아무 걱정 없어 보이는 홈리스가 말을 걸어왔다.

홈리스: "이봐, 잠깐 들렀다 가지?"
나: "시간이 너무 늦어서 숙소로 돌아가려던 참인데……."

행색은 완전 엉망이고,
머리카락도 오랫동안 안 감은 듯 헝클어져 있어
사실 조금 두려웠다.

홈리스: "함께하면 좋을 텐데……. 포레포레 포레포레."

홈리스와 불꽃놀이를 하다

결국 그 말에 나는 멈춰 섰다.
'어? 금품을 바라는 건가? 아, 뭐지? 위험한 거 아닐까?'
이런저런 생각을 하면서 말을 걸어봤다.

나: "저기, 아까부터 계속했던 '포레포레'라는 말이 무슨 뜻이에요?"
홈리스: "스와힐리어로 '천천히'라는 뜻이지. 포레포레."

그러고 보니 상점들에도 'POLEPOLE'라고 쓰여 있는
티셔츠가 잔뜩 걸려 있었다.
'여유 없는 현대인들에게 필요한 말이구나' 하는 생각이 들었다.

홈리스 나름의 정성스러운 대접

"이거 먹을래?"
갑자기 그가 가지고 있던 차파티를 반으로 자르더니
나에게 건네주었다. 나는 깜짝 놀랐다.

'응? 진짜? 이걸 나한테 준다고? 어째서? 왜?
이 사람은 홈리스라고!
당장 내일 끼니조차 걱정해야 할 사람이 이걸 나한테 준다니, 말이 돼?
단 한 장뿐인 이 차파티를 어떻게 나눠줄 수 있지?'

나에게는 정말 충격적인 일이었다.
여행하는 동안 "Give me"라는 소리는 끊임없이 들어봤지만,
나보다 물질적으로 부족한 사람에게서 무언가를 받는 것은 처음이었다.
그 차파티는 홈리스 나름의 정성스러운 대접이었다.

그가 준 차파티는 솔직히
세상에서 가장 맛있는 차파티라고 할 수 있는 맛은 아니었다.
아무 맛도 없고, 심지어 더럽고, 딱딱한 데다 정말 맛없었다.
어쩌면 어디선가 주워온 것일지도 몰랐다.
정말 미안하지만, 어떻게 이런 걸 먹고 사나 싶었다.

위선이라도 좋으니 보답하고 싶은 마음

그럼에도 나는 그 차파티를 남김없이 전부 먹어치웠다.
고급 음식이 입에 밴 나의 그 잘난 미각 때문에
그의 따스함을 거부하는 행동은
절대 하고 싶지 않았다.

거짓 웃음일지언정, 거짓말일지언정
전부 먹어치우며 "맛있었어"라고 전했다.
그 순간만큼은 위선이라도 좋으니까
그의 정성스러운 마음에 보답하고 싶은 마음뿐이었다.

홈리스가 부러웠던 순간

내가 맛있게(사실은 억지로) 차파티를 먹는 모습을
그는 눈을 반짝이며 웃는 얼굴로 지켜보았다.
홈리스가 나보다 빛나 보인다고 생각한 것은 처음이었다.

다음 날 아침, 어젯밤 그 장소에 다시 들렀다.
여전히 그는 그곳에 있었다.
역시 그는 홈리스였다.

나: "저기, 함께 사진 찍지 않을래요?"
홈리스: "당연히 그래야지!"

그렇게 말하며 그는 나의 손을 잡아주었다.
마치 연인 사이처럼 손깍지를 끼는 그.

'아, 뭐야, 이 녀석! 게이야? 그래서 상냥했던 거야?'

잠시라도 그를 의심했던 나 자신이 정말 한심했다.
그는 "조심해서 여행 잘하고, 언제라도 또 놀러와!"라고
만면에 미소를 띠우며 말해주었다.
그는 좋은 친구로서 나의 손을 잡아준 것뿐이었다.

그날 이후 나는 나 자신과 타인을 비교하는 것을 그만두기로 했다.

세계 일주를 하는 동안
나는 예쁘게 포장된 나 자신의 인생에 위화감을 느끼기 시작했다.
모두가 고생하는데 나만 아무런 고민도, 노력도 하지 않고
잘 닦인 길을 걷고 있고,
나에게만 좋은 기업에 들어갈 수 있는 길이 열려 있었다.

'너무한 거 아닌가?' 그런 죄악감에 휩싸이기도 했다.
세계 일주를 하면서
가난한 사람들을 조금은 이해할 듯하기도 했지만,
내심 나와는 상관없는 일, 전혀 다른 세상의 일이라고 생각했다.

홈리스가 빛이 나 보인 이유

하지만 그의 웃는 얼굴을 본 그 순간 깨달았다.

'반짝반짝 빛이 나는 사람은
아무리 좋지 않은 환경 속에 있을지라도 불평하지 않고,
자신의 상황에서 할 수 있는 최선의 노력을 하는 사람이구나.'

물질적으로 풍요로운지 아닌지는 문제되지 않았던 것이다.
잘나가는 도련님인 내가 그 순간,
홈리스인 그가 부럽다는 생각까지 하고 있었다.

무엇을 가지고 있든 말든,
그런 것 따위 상관없다

'이제 그만둘래. 저애는 좋겠다든가 불쌍하다든가,
그런 식으로 누군가와 비교하는 것은 이제 그만할래.'

물론 재능 넘치는 녀석을 보면 엄청 부러울 테고,
구걸하는 아이들을 보면 아무래도 불쌍하다는 생각이 들겠지만,
너무 주변에 시선이 사로잡혀 있으면
나 자신에게서는 빛이 나지 않는다는 사실을 깨달았다.
'누구나 자신만이 할 수 있는 것이 있다.
내가 나로서 이 세상에 태어난 데에는 반드시 그만한 이유가 있다.
그것을 받아들이고 나아가면 나도 그처럼
주위를 행복하게 할 수 있을 거야.'
그런 생각이 들었다.

그는 그가 할 수 있는 한 최선을 다했을 것이라고 생각한다.
그는 자신이 무엇을 가지고 있고, 무엇을 가지고 있지 않은지 따위는
전혀 신경 쓰지 않았다. 자신이 할 수 있는 것에 진심을 담았을 뿐.
그러했기에 더욱 반짝이며 빛이 나 보였다.

겨우 반 쪼가리 차파티라고 생각할 수도 있겠지만,
그것은 나를 움직이고 변화시키기에 충분하다 못해 넘칠 만했다.

'아무 노력 없이 부모의 일을 잇는 것도 좀 그렇긴 하지.
아니, 원래부터 그쪽으로는 조금도 관심이 없었잖아.'

지금까지 나는 그렇게 생각하고 있었다.
하지만 좋든 싫든, 지금의 환경에서
부모의 일을 잇는 것이야말로
내가 할 일이 아닌가 하는 생각을 하게 되었다.

대를 이어 가업을 잇는 일, 빛이 나 보이다

물론 이 생각이 옳은지 아닌지는 잘 모르겠다.
마음속 어디에선가 자신을 합리화하고 싶은 마음도 들었다.
또 한편으로는 그렇게 하지 않으면 적당히 살 것만 같았다.
'나에게 주어진 환경에서 최선을 다하자'는 마음가짐은
귀국 후 나의 진로에도 큰 영향을 주었다.
무엇보다 가업을 잇는 행위 자체가
빛이 나 보인다는 생각을 하게 되었다.

우여곡절 끝에 지금 나는 미국에 있다.
이제껏 선조들의 정성과 혼을 담아 일궈낸 가업을
미개의 땅인 해외로 보급하기 위해서.

그렇게 해서 선택한 가업 승계라고 하는 길이 즐거운지 묻는다면
역시 즐거움과는 거리가 있고,
오히려 힘들고 고생스럽게 느껴지는 일이 훨씬 많다.
하지만 불평하지 않고
내가 할 수 있는 일을 하나하나 해나가려고 한다.
어느 순간 그것이 주위 사람들의 행복에도 영향을 주리라 믿으며.

갑자기 너무 진지한 이야기로 흘러버렸지만,
나에게 있어서 세계 일주는 그저 놀이이자, 즐거움이었다.
매일 배를 움켜쥐고 웃을 수 있었으니까.

친한 친구들과 함께라면 즐거울 수밖에!

마추픽추에서는 대홍수를 만나
일주일간 난민생활을 하다 헬리콥터로 구조되기도 했다.
하지만 덕분에 세계적인 유적지를 상공에서 바라볼 수 있었다.
지구 반대편의 브라질까지 유학 중인 여자 친구를 만나러 갔다가,
다른 남자와 키스하는 장면을 목격하고
마음이 갈기갈기 찢어지는 것 같기도 했다.
케냐에서는 렌터카로 혼자서 사파리로 향했다.
가스가 떨어지는 바람에 초원 한복판에서 동물들에 둘러싸여
하마터면 대참사가 일어날 뻔하기도 했지만
어떤 해프닝도 친구들과 함께여서 즐거웠다.

나의 꿈은 '다시 한 번 세계 일주'를 하는 것.
중년의 아저씨가 되어 다시 네 명의 멤버가 모여
똑같은 루트를 밟아보는 것이다.
아이코, 큰일 날 뻔했네. 모두 집사람도 함께 데리고 가야지.
그래서 "이야, 40년이 지나도 대자연은 무엇 하나 변한 것이 없구나.
그에 반해 우리 머리는 이렇게 벗겨지고 말이야, 하하하"라고 말하며
다시 포복절도하는 여행길을 떠나는 것.

세계 일주를 생각하면 언제 어디서든 힘이 나고,
어떤 상황에서든 '그래, 다시 해보는 거야'라고 생각하게 된다.

그만큼 세계 일주는
나에게 살아가는 기쁨이고, 힘이 된다.

한 사람이라도 더 웃을 수 있다면

"포레포레, 포레포레!(천천히, 천천히)!"

'반짝반짝 빛나던 그의 미소에는 대적할 수 없지만,
나의 서툰 애정으로
나의 주변에 웃음소리가 조금이라도 늘어난다면 얼마나 좋을까.'

언젠가 다시 가고 싶다, 잔지바르의 홈리스를 만나러!

세계 일주 여행 루트

<in> 멕시코→칠레→아르헨티나→남극→파라
과이→볼리비아→스페인→모로코→포르투갈
→핀란드→에스토니아→체코→오스트리아→
독일→크로아티아→슬로베니아→헝가리→요
르단→이스라엘→시리아→이집트→예맨→에
티오피아→케냐→우간다→탄자니아→잠비아
→나미비아→남아프리카→홍콩→네팔→인도
<out>

09

잃을 게 없는 행복을 발견한 여행

지구를 한 바퀴 돌며, 국제결혼을 하고 호주로!

요시베 에리코 (당시 만 29세)/ 간호사
365일간 / 33개국

Change?

평범한 행복을 바라던
29세

?

'이상'이라는 레일 위에서 달려온 현실

"'이상'이라는 레일을 깔고,
그 위에 '현실'이라는 이름의 열차를 달리게 하다."

여행하기 전의 내 인생을 돌아보면 아마 이랬을지도 모른다.
여행을 떠나기 전에도 나름대로 행복했지만, 이제 와서 생각해보면
'평범한 행복'='이상적인 인생'이라 생각하고,
그저 그것을 추구해왔다는 생각이 든다.

보통의 20대 여자들이 그렇듯
한 번쯤 마사지 서비스를 받으며 호텔에서 식사를 하고,
명품관에서 쇼핑을 하고,
보너스로 일 년에 두 번 정도 해외에 나가고,
가끔 하와이나 알라스카에서 오로라를 보며 시간과 돈을 쓴다면
'가고 싶은 곳에도 가고, 하고 싶은 것도 할 수 있으니
정말 행복할 것'이라고 생각했다.

스물두 살의 간호사로서 하고 싶은 것을 하며,
결혼을 하고, 가정을 꾸려 아이를 낳는 것.
그러면서 직장에서도 인정을 받고, 경력을 쌓아가는 것.

그런 인생을 살고 싶어서 나도 모르는 사이
이상적인 인생의 레일을 깔아왔던 것인지도 모른다.
그러면서도 정작 10년, 20년 후 자신의 미래는 그려보지 못했다.

어쩌면 또 다른 삶의 방식이
기다리고 있을지도

간호사라고 하는 직업은 평생 일할 수 있는 전문직.
'정말 이대로 괜찮을까? 어쩌면 또 다른 삶의 방식도 있지 않을까?'
삶을 충실히 살아가면서도 내 인생에서
더욱 커다란 가능성을 느끼고 있었다.

그러던 중 세계 일주 항공권 광고가 눈에 들어왔고,
그것이 내 마음을 사로잡았다.
'가고 싶은 곳은 너무 많은데,
일 년에 두 번 가서는 평생에 걸쳐도 다 갈 수 없을지도 모르잖아.
그런데 세계 일주를 하면 한 번에 다 갈 수 있잖아!'

내 생활에 나름 만족했었고
현실에서 도망치고 싶은 것도,
그렇다고 인생을 바꾸고 싶은 것도 아니었지만,
어쨌든 나의 꿈을 단번에 이룰 수 있다고 생각하니
준비 기간조차 아까울 정도로 설레고 들떴다.
'가고 싶은 곳에 가서 보고 싶은 것을 보고 싶다!'

앞으로의 내 인생에서 크게 바뀔 만한 일은 없다고 생각했는데,
일생일대의 결심을 하고 대모험을 향해
조금의 망설임도 없이 추진해나가는 내 모습에
나 자신도 놀랄 정도였다.

**그렇게 시작한 365일간의 세계 일주는
내 인생을 최고로 행복하게 해주었다.**

볼리비아 버스에서의 해프닝

중남미에서 4개월을 보내고 어느덧 배낭여행에 익숙해져
스페인어로 여행에 필요한 대화 정도는
구사하게 되었을 무렵 있었던 일이다.

남미의 볼리비아라고 하는 나라에서
수도 라파스로 향하는 장거리 버스를 타고 갈 때였다.
말도 못하게 좁은 버스 안에서
귀중품 전부를 넣은 배낭을 무릎 위에 올려놓고
거의 감싸 안다시피 하며 출발하기만을 기다리고 있는데,
한 아저씨가 다가왔다.
"짐은 선반 위에 올려놓아야 하는데……."

볼리비아 버스로 말할 것 같으면
남미 여행자 중 모르는 사람이 없을 정도로 최고의 도난 빈발 장소!
'이 말에 속아서는 안 돼.'

"괜찮아요. 이렇게 가지고 있으면 돼요."
확실하게 말했는데도 그 아저씨는 포기하지 않았다.
"규칙이니까"라고 말하며 포기하기 않고 같은 말을 계속했다.

'아, 정말 귀찮게 하네. 뭐, 금방 내리니까 괜찮겠지.'
여행에 조금 익숙해진 무렵이기도 했고 왜 그랬는지 모르겠지만,
처음에 경계 태세였던 나는 배낭을 아저씨에게 넘겨줘버렸다.

몇 분이 지나 염려가 돼서 선반을 보았는데,
내 배낭이 보이지 않았다!
정말 만화처럼 선반 위에 없어진 가방이 점선처럼 그려졌다.
일생 잊을 수 없을 만큼의 충격과 초조함, 슬픔, 후회가 막 밀려왔다.

'내 여행은 여기서 끝인 건가'

서둘러 내려 쫓아가 보았지만, 그곳은 버스터미널.
그 많은 사람들 속에서 내 배낭을 찾는 건 불가능해 보였다.
카메라, 지갑, 귀중품 전부를 잃어버렸다.
그리고 절대 잃어버려서는 안 되는 여권까지도 없어졌다.
평소에는 여권을 가방에 넣어두지 않았는데, 그때는 왜 그랬는지…….

되돌아 생각해보면 피할 수 있었던 도난.
그럼에도 한순간의 방심으로 상황을 그렇게 만들어버린
나 자신이 너무 한심하고 분하고,
더 이상 눈물이 나오지 않을 정도로 좌절해 있었다.
여행을 멈추고 집으로 돌아갈까도 생각했다.

'세계 일주를 아직 절반도 못 했는데, 내 여행은 여기서 끝인 건가.'

'이렇게 넋 놓고 앉아 있을 때가 아니지.
일단 대사관으로 가봐야겠다.'

나는 신발 안쪽에 숨겨놓았던 비상금 400달러를 현지 화폐로
환전하고서 티켓을 다시 구입해 수도 라파스로 향했다.

열다섯 시간 이상 버스에 몸을 맡기고 드디어 라파스에 도착해
지친 모습으로 숙소에 들어섰을 때 나를 환영해준 것은
다름 아닌 여행 도중 만난 여행자들이었다.
그들과의 재회는 정말 우연이었지만, 따뜻하게 말을 걸어주며
그때의 상황과 기분을 알아주는 사람이 있다는 것은 정말 큰 힘이 되었다.

도움의 손길에 따스해진 마음

잘 알지도 못하는 나에게 컴퓨터를 빌려주기도 하고,
필요한 물건을 살 수 있도록 도와주기도 하며
먼저 손을 내밀어준 그 친구들은
지친 내 마음을 위로하고 격려해주었다.

가족들도 진심으로 걱정하며 도와주었다.
"그냥 돌아올래?"라고 말하면서도
호적 초본을 떼 대사관으로 보내주며
여권을 재발행 할 수 있도록 힘써준 엄마.
돌아갈 집이 있고, 기다려주며 응원해주는 가족이 있다는 것이
새삼 소중하게 느껴졌다.

세계 곳곳에 있는 친구들도 걱정이 된다면서 이메일을 보내주거나,
블로그에 댓글을 달아주며 격려해주었다.

"고생 많았다"고 말해준 대사관 직원에게 나도 모르게
"엄청 힘들었어요"라고 투덜거렸지만,
"힘들었지?"라고 걱정해주는 엄마의 말처럼
그 말 한마디가 순간 따뜻하게 다가왔다.
"가능한 빨리 여권을 재발행 할 수 있도록 하겠습니다."
그의 그 말이 얼마나 든든하게 느껴졌는지 모른다.

그 모든 상황이 훈훈하고, 모든 사람들이 친절해서
순간 이런 생각이 들었다.
'나를 지지해주는 것은 다른 무엇도 아닌 바로 사람이다.'

가진 것 없이 내 몸 하나만 남게 되어도
절대 잃지 않는 것

컴퓨터며, 카메라며, 출발할 때 챙겨온 물건들을
단 한 순간의 실수로 전부 잃어버렸다.
하지만 그렇게 전부를 잃어버리고 내 몸 하나만 남게 되어도
절대 잃지 않는 것이 있었다.
그것은 당연한 듯이 항상 그곳에 있어주는 가족과 친구들,
그리고 주위 사람들과의 인연이었다.

모두가 따뜻했다. 참 따뜻했다.
특히 가족들에게는 따스함을 느끼면서도
걱정을 끼쳐 정말 미안한 마음이 가득했다.
그러면서도 '혼자가 아니구나. 모두가 이렇게 걱정해주고 있네.
난 사랑받고 있어'라고 느꼈다.

'살아 있는 한 난 계속 여행할 거야.'
나는 전부 포기하고 돌아가기보다 계속해서 여행하는 쪽을 택했다.

수도도 없는 섬,
전기도 없는 사파리

한번은 수도가 없는 섬에서 몸을 씻기 위해 호숫가로 간 적이 있었다.
건너편에서는 한 여자가 설거지를 하고 있고,
반대쪽에서는 어떤 남자가 발가벗고 몸을 씻고 있었다.

"아, 말도 안 돼!"
친구들에게 이 이야기를 한다면 하나같이 이렇게 말하겠지만,
그런 상황도 어느새 자연스럽게 받아들여져
즐겁게 여행할 수 있게 되었다.

케냐의 사파리에서 발전기가 고장 났을 때에도
어떻게든 야생동물을 찍고 싶은데 카메라 충전을 할 수 없어
답답했지만 어쩔 수 없다고 생각했다.

'아, 싫어!'
없는 것이나 할 수 없는 것을 두고두고 한탄하기보다
지금 눈앞에 있는 것, 가능한 것에 눈을 돌리는 편이 행복하지 않을까?

샤넬이나 프라다는 무엇도 해주지 않아

샤넬 백도, 프라다 지갑도, 에스티로더 화장품도,
무엇 하나 가지고 가지 않았지만,
여행 도중 필요하다고 느꼈던 적이 한 번도 없었다.
그런 것들이 없어도 여행은 진짜 즐거웠을 뿐만 아니라
친구도, 추억도 가득 생겼다.

샤넬이나 프라다는 그 어떤 것도 해주지 못한다.
이제까지 매력을 느끼던 것들이 갑자기 한물 간 것처럼 보였다.
비록 그것이 엄청 고가라 할지라도
내 인생에 있어서 조금도 빛나 보이지 않게 되었다.
더욱 소중한 것이 많이 있기에.

배낭 하나를 짊어지고 365일을 지내면서
나의 사고방식과 삶의 기준은 점점 단순해져갔다.
그러면서 희한하게도 나의 마음은 가벼워지고,
솔직하게 사람들을 대할 수 있게 되었다.

예를 들면 여행을 떠나기 전까지 나는
누가 약속 시간에 10분만 늦어도 용납하지 못했다.
상대에게 어떠한 이유가 있든
지각을 한 것은 기본적으로 상대의 책임이라고 생각하는 식이었다.

'나라면 이렇게 할 텐데'라고 생각하는 것은
은연중에 타인에게도 요구하게 된다.
나는 약속을 지키지 않는 사람을 납득할 수 없었다.
그러는 것은 나 스스로에게도 스트레스를 주는 일이었다.
나는 마음속으로는 뭐라고 하면서
실제로는 상대에게 화도 내지 못하고 웃는 얼굴로
"아니야, 별로 안 기다렸어. 괜찮아"라고
맘에도 없는 소리를 하곤 했다.

"10분 지각하면 맥주 쏘기다"

하지만 이제는 "10분 지각하면 맥주 쏘기다"라며
한 소리 할 수 있을 것 같다.
이런 식으로 대하는 것은 그다지 어려운 일이 아닐지도 모르겠지만,
나에게 있어서는 정말 큰 변화다.

**그때그때 눈앞에 있는 사람이나 자신이 처한 상황을
받아들이지 않으면 안 된다는 것을 깨달으면서
자연스레 나와 다른 존재를 인정할 수 있게 되었다.**

솔직하게 살아가는 것이
나 자신을 즐겁게 한다

그것은 사람과 사람, 개개인에게 있어서도 마찬가지다.
내가 살아온 곳과 그 나라가 다른 것처럼.

나는 상대가 당연하게 생각하는 것을 받아들이고,
자신이 당연하게 생각하는 것을 강요하지 않게 되었다.

10분 늦었다는 사실은 아무리 화를 낸다고 한들 바뀌지 않는다.
그렇다면 자신의 기분을 솔직하게 말하고
긍정적인 쪽으로 생각하는 것이 자신을 위해서도 좋다.
타인을 용서해주는 것은 곧 자신을 용서하는 것.
내가 '어쩔 수 없잖아'라고 생각하며 살아가는 것도,
어쩌면 '그럭저럭 괜찮은데?'라고
생각할 수 있게 되었기 때문일지도 모른다.

이거 쓰기다!

국제결혼으로 호주에 살게 되다

세계 일주를 마치고 돌아왔을 때 내 나이는 서른 살.
여행하며 만난 친구의 나라를 방문할 겸 워킹 홀리데이로
1년간 호주에 다시 가 있게 되었다.
그때 만난 사람과 장거리 연애를 하다,
드디어 결혼에 골인해 지금은 시드니에 살고 있다.

국제결혼은 생각해본 적도 없었는데,
이것도 내가 여행하기 전 깔아놓았던 '레일'이었겠지…….
세계 일주를 해보았기에 나에게 있어서 호주는
그다지 먼 곳이라는 생각이 들지 않았다.
나라와 나라, 사람과 사람이 다르다는 것을 알게 되었기에
다른 문화 속에서 서로 인정해주며
남편과 둘이 행복하게 살아갈 수 있는 것 같다.

무엇보다 아무리 멀리 떨어져 있어도 잃어버리지 않는 것,
가족이나 친구와의 관계는 결코 끊을 수 없다는 것을 알았기에
마음 편히 내가 나고 자라온 나라를 떠나
사랑하는 사람이 있는 곳으로 갈 수 있었다고 생각한다.

29년간의 인생 밖에서 찾은 더 큰 행복

인생을 변화시켜보고 싶었던 것도,
현실에서 도피하고 싶었던 것도 아니었지만,
결과적으로 세계 일주는 나의 인생을 크게 바꿔주었다.

'행복하다고 생각하며 살아왔던 29년간의 인생 밖에는
더 큰 행복이 기다리고 있었다.'

'이상'이라고 하는 레일을 먼저 깔고,
그 위에 '현실'이라는 이름의 열차를 달리게 한다는 것은
참 힘든 일이다.
그렇다면 처음부터 레일 따위는 깔지 않는 편이 나을지도 모른다.
어쩌면 자동차를 택하는 것이 더 나을 수도 있다.
막다른 곳에 가게 되면 다시 돌아 나오면 되고,
동쪽으로 달리고 있다가도 서쪽으로 가는 게 좋겠다고 생각되면
언제든지 루트를 변경할 수 있으니까.
자유롭게 인생을 달릴 수 있다는 것은 정말 멋진 일이다.

세계 일주 여행 루트

<in> 페루→볼리비아→브라질→파라과이→아르헨티나→칠레→베네수엘라→멕시코→스페인→세네갈→모리타니→프랑스→포르투갈→스웨덴→노르웨이→헝가리→독일→영국→네덜란드→벨기에→이탈리아→루마니아→체코→폴란드→요르단→이스라엘→이집트→인도→대만 <out>

10

나 자신을 극대화시킨 여행

나의 가치관을
부숴버린 세네갈의 신

후쿠다 요시히로 (당시 만 21세)/ 대학생
257일간 / 29개국

Change?

나름 의식 수준이 높았던
대학생

?

처음으로 비행기에서 내려다본 하늘

대학교 2학년 여름, 처음으로 비행기에 올라탔다.
캄보디아행 비행기 안에서
이제껏 올려다보기만 했던 하늘을 태어나서 처음 내려다봤을 때
감동이 밀려와 눈을 뗄 수 없었다.

'위에서 내려다본 하늘이 이렇게 아름답다니!'

'한 발 내딛어 비행기에 타는 선택을 한 것만으로
이렇게 아름다운 경치를 만날 수 있다니!
반대로 말하면, 한 걸음도 내딛지 않는다면 무엇도 만날 수 없다.'
처음으로 비행기를 타고서 그런 생각이 들었다.

나는 나름 의식 수준이 높은 대학생이라고 자부했었다.
이벤트를 개최하거나 스스로 단체를 만드는 일도 문제없었다.
하지만 알아버렸다.
자그마한 방 안에서는 하늘을 내려다볼 수 없다는 사실을.
대학이라는 틀 안에서는
결코 세계 일주에서의 그 흥분을 느낄 수 없었다.

한 발 내딛으면 있는 세계에 대한 동경이 억누를 수 없을 만큼 솟아올랐다.

어느 날 우연히 읽은 한 권의 책이

나에게 '세계 일주'라고 하는 선택지를 주었다.

쿠바혁명을 주도한 체 게바라의

남미 방랑기《모터사이클 다이어리》.

자신과 나이 차이가 나는 청년과 세계를 여행하며

새로 만나는 사람들과의 관계 속에서 피어나는,

어떻게 해야 할지 알 수 없는 분노, 슬픔 그리고 기쁨.

그가 맞선 사건이나 감정의 생생함에 나는 놀라움을 금치 못했다.

"나 자신을 최대화시키고 싶다!"

무엇보다 그는 고통 속에서도 여행을 통해

'자신을 최대화'시켜나갔다.

아무런 목적도, 희망도 없는 청년이 여행 속에서 성장해가는 모습을 보고

'나도 세계를 보고 싶다!', '알지 못하는 세계를 보고, 나 자신을 최대화시

키고 싶다!'는 생각을 하게 되었다.

그런 생각을 할 무렵,

'세계 일주 플랜 콘테스트'라는 것이 있다는 사실을 알고 응모했다.

그리고 나는 운 좋게 우승해 400만 원 정도 하는

세계 일주 항공권을 얻었다.

그렇게 나의 257일간의 세계 일주 여행이 시작되었다.

세계는 정말로 연결되어 있었다

첫 번째 나라, 페루.
"우와, 스페인어다!"

스페인어로 쓰여 있는 공항 간판을 보고 나는 완전 흥분 상태였다.
대학에서 전공으로 배웠던 언어가 일상적으로 사용되고 있었다.
그것만으로도 여행이 시작되었음을 강하게 느낄 수 있었다.
천공도시 마추픽추를 시작으로 많은 절경을 보았다.

두 번째 나라, 볼리비아의 수도 라파스의 고서점가.
일흔 정도 되어 보이는 할머니가 운영하는 가게 안으로 들어가자
말을 걸어왔다.

할머니: "어디에서 왔으려나?"
나: "일본에서 왔어요."
할머니: "그렇구나. 지진 후 복원은 어때? 저쪽에 큰 TV 모니터 보이지?
**일본에서 지진이 일어났을 때 저곳에서 계속해서 영상을 보여줬었어.
그때 그곳에 있는 사람들 걱정이 많이 됐었는데……."**

어느새 할머니의 눈에서는 눈물이 흘러넘치고 있었다.

기존의 가치관을 부수고 다시 만들어가는 여행

'지구 반대편에서도 일본을 염려해주는 사람이 있구나.'
세계는 정말 하나로 연결되어 있다는 것을 피부로 느꼈다.

그렇게 시작된 나의 세계 일주는,
20여 년에 걸쳐 다듬고 만들어온 세계관이나 가치관을
부수고 만들어가고, 다시 부수고 만들어가는 시간의 반복이었다.

서아프리카의 사막 나라, 모리타니에서 있었던 일이다.
그때 나는 네덜란드인 부부가 운영하는 작은 민박집에 머물고 있었다.
그들과 술을 마시고 있는데 갑자기 날아온 질문.

"너는 미국이 밉지 않아?"

"원자 폭탄을 떨어트린 과거부터 지금까지
너는 미국에 대해 어떻게 생각해?"

'어? 그런 질문을 이렇게 갑자기 물으면······.'
나는 허둥대며 뭐라도 이야기해야겠다는 생각에 이렇게 말했다.
"이전 세대의 문제니까
내가 뭐라고 말할 수 있는 것은 아닌 것 같은데······."
이 얼마나 무책임한 말인가.
그 순간 숙소 주인의 표정은 지금까지도 잊을 수가 없다.
'이전 세대의 문제라고 하면 누구도 애쓸 필요가 없지'라고
생각하는 듯했다.

그는 나를 외면하듯 다른 터키 사람과 이야기하기 시작했다.
나는 그들의 대화에 좀처럼 끼어들 수 없었지만
대화의 내용인즉,
터키의 아르메니아인 학살에 대한 이야기였다.

노르웨이에서 친해진 아저씨도 이렇게 말했다.
"나는 지금까지도 독일이 싫어. 너도 미국인이 밉지 않아?"
제2차 세계대전 때 독일이 노르웨이를 침공한 과거에 대해
지금까지도 혐오감을 가지고 있는 듯했다.

요르단의 수도 암만에 있는 '만스루 호텔.'
그곳에 있는 루아이라는 직원은 친절하기로 유명했다.
몇 천 원씩 하는 세탁을 공짜로 해주기도 하고,
식사에 초대받아 가면 그냥 재워주기도 했다.

어느 날 루아이와, 호텔에 있던 독일인과
셋이서 이야기할 기회가 있었다.
이야기 도중 독일인이 루아이에게 갑자기
팔레스타인에 대한 이야기를 꺼냈다.
서로 어느 정도 대화를 한 후 루아이는 말투에 힘을 주며 내게 말했다.

"일본인은 아무것도 이해하지 못해"

"일본인이 요르단이나 이스라엘에 많이 찾아와주는 건 정말 좋아.
하지만 결국 그렇게 여행을 오는 것으로 끝이야.
팔레스타인이 안고 있는 문제 따위는 알고 싶어 하지도,
이해하지도 못하거든."
나는 가슴이 먹먹했다.

나: "아니, 모르고 있는 건 아니야."
루아이: "그럼 말해봐. 어떤 경위로 팔레스타인이 지금 이 지경에
이르렀고, 무엇이 문제인지."
나는 입을 다문 채 있었다.
"이것 봐, 아무 말도 못하잖아."
평소 자상하고 따뜻했던 루아이가 그렇게 말하고는
자리를 떠나버렸다.
어쩐지 분한 감정과 한심한 마음이 교차하며
등에서는 식은땀이 흐르고, 얼굴은 화끈거렸다.

그 후 나는 아프리카 서단에 위치한 세네갈의 수도 다카르에서
한 달을 머물렀다.

"자, 기도하자!"
문 앞에 서서 나를 바라보던
행복한 표정의 한 청년을 지금도 잊을 수 없다.

당시 나는 장거리 택시에 합승했던 세림이라고 하는 청년의 집에
초대를 받았다.
그 덕분에 편히 쉬며 머물 수 있었다.
세네갈은 국민의 90퍼센트 이상이 이슬람교도인 나라다.
하루에 다섯 번, 예배를 드릴 수 있게 '아잔'이 울려 퍼진다.
세림의 집은 아잔이 흘러나오는 모스크 가까이에 있었다.

"아니, 난 기도하지 않아"

사건은 둘째 날 터졌다.
점심 무렵, 여느 때처럼 아잔이 울려 퍼졌다.
그러자 갑자기 방문이 탁 열렸다.
기도하자며 세림의 남동생이 부르러 온 것이었다.
정말 행복한 표정으로, 우정의 표시로 나를 부르러 와준 것이었다.
하지만 나는 어찌해야 할지 몰라 주저했다.
"아니, 난 기도하지 않아."

"기도하지 않는다고?"

그들이 예배를 드리는 모습은 평소에도 보았고,
심지어 택시 안에서 하는 것도 보았다.
예배를 드릴 수 없는 상황에는 대신 열심히 염주를 세곤 했다.
그 모습을 보며 어쩜 그렇게 열심히 기도할 수 있을까 싶기도 했다.

일부러 함께 기도를 하자고 와주었는데
기도하지 않는다는 나의 말에
그는 꽤 충격을 받은 듯했다.

"그럼 넌 평소에도 기도하지 않아?
네가 무슬림이 아니라는 것은 알겠는데,
그럼 넌 그리스도교도 아니고, 불교도도 아니면
신을 향한 신앙이란 것이 없단 말이야?"

그들에게 신앙을 갖는 것은 당연한 일, 일상생활의 일부였다.
특별한 신앙을 가지고 있지 않은 나에게는
신이 하나든 팔백만이든, 그것이 큰 문제가 되지는 않았다.
나의 인식과 신앙의 절대적인 존재감이 부딪히는 순간이었다.

"신은 신앙을 위해 모든 것을 창조하셨다"

나는 모리타니에서
진짜 유창하게 영어를 잘하던 청년을 만난 적이 있다.

"신앙이야말로 삶의 전부야.
배가 고플 때 신앙이 생겨날 수 없지.
그렇기에 신은 동물이나 채소를 만드셨어.
문자가 없다면 어떻게 기도해야 할지 모르지.
그래서 신은 문자를 만드셨어.
신은 신앙을 위해 모든 것을 창조하셨어."
종교에 빠져서 그러는 것도,
그렇다고 농담으로 말하는 것도 아니었다. 그는 정말 진지했다.

내 속에 금이 가, 너덜너덜해지면서 무너져버리는 기분이었다.
'세상에는 종교가 있고, 신앙을 가진 사람들이 있어.
그래, 그건 당연해. 당연한 거잖아.'

그렇다고 해도 내 눈앞에
나와 가치관이 완전히 다른 사람이 있는 것을 보고
미안하지만 솔직히 조금 질려버렸다.

기존의 가치관을 부수고, 다시 만들다

머리로는 이해하려고 해도 좀처럼 이해되지가 않았다.
그 순간 지금까지의 내 가치관은 '쿵' 소리를 내며 무너져내렸다.

언제까지고 그대로 있을 수는 없는 노릇.
나 나름대로 이해하고 새로운 가치관이 더해지면서,
급조한 거기는 하지만 자신의 근거가 되는 가치관을 다시 만든다.
하지만 그것도 또 어디에선가 누군가에 의해 다시 부서진다.
그것을 다시 만들고, 또 부수고…….

여행은 바로 그런 시간의 반복인 것이다.

"이런 제길! 똥구멍!"

"Fuck you, asshole!"

직역하면 "이런 제길! 똥구멍!"
그런 말을 누군가에게 들어본 사람이 있을까?
나는 있다. 이스라엘에서였다.

수도 예루살렘의 숙소에 묵을 당시
그 근처에서 누군가 숨어 있다가
돌이나 폭죽을 던진다는 이야기를 들었다.
정말 믿기 어려운 이야기였지만,
예루살렘을 떠나는 날 아침에 내게도 일어났다.

숙소에서 나와 길에 서 있는데 순간 민가 2층에서
커다란 방석이 바로 내 눈앞에서 큰 소리를 내며 떨어졌다.

방석이 날아온 방향으로 눈을 돌리자,
열 살 전후의 꼬마 녀석 둘이 창으로 살짝 모습을 드러냈다.
장난이라고 하기에는 너무 위험했다.

등 뒤에서 깨지며 흩어진 유리병

어른답지 못하다고 생각하면서도
불쑥불쑥 끓어오르는 분노를 참지 못하고,
가운데 손가락을 올리며 걷기 시작했다.

"쾅!"

다음 순간, 나의 등 바로 뒤에서
유리병이 굉장히 큰 소리로 깨지며 흩어졌다.
등줄기에서 식은땀이 흘렀다.
죽음까지는 아니더라도 큰 상처를 입을 수 있는 상황이었다.
그에 이어 나온 소리가,
"Fuck you, asshole!"

조금 전까지의 분노는 어디론가 사라지고,
나는 도망치듯 예루살렘에서 벗어났다.
정말 뒤끝이 안 좋은 최후였다.

다행인지 불행인지, 이런 쇼킹한 사건이 일어났다.
그리고 나서 '난 무얼 할 수 있을까?'라는 물음이
나의 머릿속을 빙글빙글 맴돌기 시작했다.

아무 이유 없이 누군가에게 유리병을 던진다는 것은
상식적으로 있을 수 없는 일이다.
어쩌면 예루살렘의 꼬마들은
그 숙소에 머물던 사람에게 무슨 일을 당한 적이 있는 걸까?
현실은 보이는 것만큼 단순하지 않고
정의도, 진실도, 내가 생각하는 것보다
더 다양할지도 모르겠다는 생각이 들었다.

꿈꾸는 세계는 의외로 쉽게 만져진다

세계 일주를 하면서 꿈꿔온 세계는 의외로 쉽게 만져졌다.
나는 시간과 돈만 있다면
손을 뻗어 그곳에 닿을 수 있다는 것을 알았다.
하지만 그 세계를 바라보는 나 자신에게
부족한 부분이 굉장히 많다는 것을 느꼈다.

귀국 후 나는 바로 취업활동에 전념했다.
나는 누군가에게 돌이나 유리병을 던질 수 있다는 것도 싫고,
그런 것을 눈감아버리는 것도 싫었다.
"미국이 밉지 않아?"
그때 아무 대답도 하지 못한 나도 싫었다.
"넌 팔레스타인 문제 따위는 이해하지 못해"라는
말을 들어야 했던 자신도 싫었다.

'그럼 난 무얼 할 수 있을까?'
귀국을 해서도 이 물음은 계속 머릿속을 맴돌았다.
그쯤 알게 된 것이 TV 프로그램 디렉터라고 하는 직업이었다.

일을 통해 세계와 맞서다

졸업한 선배들과의 만남에서 이런 이야기를 들었다.

"역사 관련 프로그램을 만들려면 '원폭이나 아우슈비츠 같은 역사적인 사건'에 대한 주관을 가져야 해. 그래야 그것이 제대로 방송에 반영되거든."

그런 일 자체가
'부족한 자신'을 채워줄 수 있지 않을까 생각했다.

'방송 제작을 통해 이 세계의 역사나 사람,
나는 무엇을 할 수 있을까에 대한 물음에 맞서고 싶다.
그러다 보면 나에게 유리병을 던진 예루살렘의 아이들이
안고 있었을 문제에 맞설 수 있을지도 모른다.'

나는 그렇게 생각했다.

기억에 남는
세계 일주 마지막 날의 일

세계 일주 마지막 날, 나는 타이완에 있었다.

호스텔에서 함께 머물던 다양한 나라의 사람들.
미국, 독일, 한국, 싱가포르, 타이완 그리고 일본 사람.
다국적인 조합으로 우리는 밤길을 함께 걷고,
마지막으로 호스텔에서 나의 무사 귀국을 빌며 함께 건배했다.

너무나 단순한 논리일지 몰라도,
그렇게 서로서로 알아주는 세상이라면
정말 멋질 것 같다는 생각이 들었다.

"Happiness only real when shared"

전혀 알지 못하는 사람에게 자신의 이야기를 하기도 하고,

누군가의 이야기를 들어주기도 하는 것은

결코 다툼의 씨앗이 아니라

새로운 자신을 만나

새로운 사고방식이나 삶의 방식을 들여다보기 위한 씨앗이 된다.

내가 엄청 좋아하는 〈인투 더 와일드(Into the Wild)〉라는 영화에

"Happiness only real when shared

(서로 알아줄 때 비로소 진짜 행복해진다)" 라는 말이 나온다.

그런 세상을 만들고 싶다.

세계 일주를 했던 경험을 바탕으로 나는 방송업계에서 디렉터로서 다큐멘터리 방송을 만들고 싶다는 결심을 하게 되었다.

디렉터는 '여행하듯 살아가는 직업'이다.
자신이 재미있다고 생각하는 방송을 만들기 위해
자신이 만나고 싶은 사람이 있는 곳으로 가서 이야기를 듣고,
자신이 가고 싶은 곳으로 간다.
분명 이 삶의 방식은 나에게 제격이라는 생각이 들었다.

우리는 자신이 알고 있는 테두리 안에서만 무언가를 선택하려 한다

인간은 자신이 알고 있는 테두리 안에서만 무언가를 선택하려 한다.
하지만 나는 앞으로 한 걸음 내딛어 다양한 사람들을 만나고,
그 사람들의 말에 더욱 귀를 기울여
내 속에 다양한 선택지나 가능성의 씨앗을 심어두고 싶다.

단 한 번뿐인 인생, 가능하면 나 자신을 최대화시키고 싶다.

막연했던 생각 하나가 확실하게 윤곽을 잡으면서
장래에 실현시키고 싶은 나만의 목표를 만들어주었다.

세계 일주 여행 루트

<in> 홍콩→마카오→중국→베트남→라오스
→태국→인도→네팔→남아프리카→나미비아
→보츠와나→잠비아→탄자니아→케냐→마다
가스카르→영국→프랑스→독일→체코→오스
트리아→헝가리→그리스→키프로스→요르단
→이스라엘→이집트→스페인→미국→캐나다
→멕시코→페루→볼리비아→브라질→우루과
이→칠레 <out>

11

나 자신의 변화를 시험해보고 싶었던 여행

수면 강로와 빵을
건네준 은인, 깨달은 것은
차가움과 따뜻함

후타기 토시히코 (당시 만 31세) / 회사원
375일간 / 34개국

Change?

초점 없는 눈의
샐러리맨

?

초점 없는 눈의 샐러리맨

초점 없는 눈의 샐러리맨,
나는 그런 사람이었다.

아침 9시에 출근해 시계를 보면 어느새 밤 10시가 넘어 있었다.
그렇게 1년간 주 5일×50회, 매일같이 그렇게 지냈다.
결국 세계 일주로 한 걸음 나서기까지
나는 그런 생활을 9년이나 반복했다.

직장에 들어가 한 4년차쯤 되었을 때의 일이다.
우연한 기회에 '이상적인 어른들'을 만났다.
회사 사장이나 오너, 젊은 나이에 경영자가 된 분들⋯⋯.
'목표'와 '목적'을 가지고 살아가는 사람들은
나와 달리 눈에서 빛이 났다.
샐러리맨이 내 인생의 전부가 아님을 깨달은 나는
조금씩 관점이 바뀌어갔다.

나는 워킹 홀리데이로 1년, 세계 일주로 1년,
그렇게 2년에 걸쳐 세계를 여행해보고 싶다는 꿈을 꾸게 되었다.
'워킹 홀리데이로 해외에 나갈 수 있는 나이는 서른까지.
그럼 스물아홉까지는 이 회사에서 열심히 돈을 벌어두자.'

이런 생각으로 이어간 회사 생활.
전국 각지에 흩어져 있는 친한 동기들과 서로 격려하며
힘을 얻기도 했다.
회사에서도 어느새 중견 자리에 올랐고, 일하는 즐거움도 알면서
샐러리맨으로서의 생활도 그럭저럭 나쁘지 않다고 생각하고 있었다.
그러하기에 회사를 그만두는 것이 더욱 두렵고 불안했다.

평범한 사람에게 세계 일주, 가능할까?

한편으로는 이런 생각도 들었다.
'나처럼 평범한 사람이 세계 일주를 할 수 있을 리 없잖아.'
그러면서 또 한편으로는
'어떤 특기도, 장점도 없고 무언가에 흥미도 없는 내가
이렇게 적당히 일만 하다가
나이가 들어 죽어갈지도 모르겠구나' 하는 생각이 들기도 했다.

죽어라 일만 하던 20대, 정신을 차려보니 어느새 서른이 넘었다.
꿈이라 생각했던 워킹 홀리데이 기한도 끝이 나고,
지나고 나니 때늦은 후회뿐.
'내가 꿈이라고 착각하고 있었던 걸까?'
모든 선택에는 유효기간이 있음을 뼈저리게 느꼈다.
5년간 차곡차곡 모아놓은 돈으로 나는
여행 가는 것을 포기하고 차를 샀다.

그 후 몇 개월이 지나 친했던 사람이 돌연 세상을 떠났다.
'인간에게는 반드시 끝이 있는 거야.' 그렇게 말해주는 듯했다.
문득 죽기 전에
"그래, 난 이것만큼은 이루었으니까 후회는 없어!"라고
말하고 싶다는 생각이 들었다.

처음 계획보다 조금 늦어지기는 했지만,
드디어 세계 일주에 나서기로 했다.
리먼 쇼크, 재취직, 현실의 공포와 싸워가며
나는 그렇게 서른한 살에 회사를 그만두었다.

세계 일주 여행은 현실의 롤플레잉 게임

더 이상 잃을 것 없는 375일간의 세계 일주 여행 동안
곤란한 상황을 극복하며 나의 레벨을 끌어올리고,
만남과 헤어짐을 반복하는 것이 나에게 있어서는
현실의 롤플레잉 게임 같았다.

여행을 나서는 순간, 적은 여기저기에 널려 있었다.
우선 뭐니 뭐니 해도 다양한 언어와 문화.
나라마다 습관, 종교, 식사 예절, 화장실 예절, 기후의 특성이 있는
것은 물론, 소매치기당하기 일쑤에 강도까지,
적은 끊임없이 솟아나왔다.

샐러리맨의 상식은 세계의 비상식

버스 통로에 아무렇지도 않게 침이나 가래를 뱉는 중국인.
선진국 프랑스에서는 길가에 쓰레기를 버려도 오케이.
인도의 전차 시간표는 무의미했다.
여행 초보의 문화 쇼크는 그렇게 시작되었다.

성실하고 충직한 샐러리맨의 상식은
세계의 관점에서 보면 비상식적인 것들뿐이었다.
그리고 무엇보다 이 여행에서 나를 괴롭혔던 것은
태국에서 만난 수면 강도와의 싸움이었다.

자칭 싱가포르 사람이라 말하는 한 남자

진짜 내 인생에 다시는 없을,
나의 경험치를 강제로 레벨 업 시킨 사건이라 할 수 있었다.

사건의 무대는 유명한 카오산 로드에서 조금 떨어진 포장마차.
그날 나는 네팔에서 비행기를 타고 태국을 경유해
다음 날 파리로 가는 비행기로 환승할 예정이었다.
태국에서는 그저 잠시 머물렀다 가는 일정이었는데,
자칭 싱가포르 사람이라는 한 남자가 다가와 말을 걸었다.
"마지막 비행기로 들어올 애인을 기다리고 있어."

진짜인지 의심스러울 정도로 약간 수상했지만
이야기를 계속 이어갔다.
그는 갑자기 "내가 맥주 한잔 살게"라고 말하기도 하고,
"너츠도 먹어봐"라며 내밀기도 했다.

'이상한 사람이네.' 나는 계속 경계를 하고 있었다.

한 시간 정도 경과했을까?

새로 주문한 병맥주는 그 자리에서 뚜껑을 열어주었고,

화장실에 갈 때에도 가지고 갈 정도로 나름 주의를 하고 있었다.

하지만……

"카운터에 있는 너츠 좀 가지고 와줘."

잠깐 눈 돌린 사이에 수면제를 넣다니!

병맥주에서 잠시 눈을 뗀 그 짧은 틈에

그가 수면제를 넣은 모양이었다.

눈이 부셔 잠에서 깨어난 나는

전혀 알지 못하는 장소의 모래 위에 축 늘어져 자고 있었다.

'아, 당했구나.' 나는 바로 알아차렸다.

'대체 몇 시간이나 잔 거지?'

손목을 보니 시계는 가져가지 않았다. 시간은 아침 6시였다.

의외로 마음은 차분했다.

나는 일단 경찰을 부를 생각으로 일어서며 주위를 둘러보았다.

그런데 한 걸음 내딛자 발밑에 무언가 툭 하고 떨어졌다.

맨발로 모르는 마을의 경찰서를 찾아가다

그것은 귀중품을 감싸 옷 속에 감추어두었던
벨트가 끊어지고 남은 부분이었다.
심하게 찢어지고, 너덜너덜해져 있었다.
현금도, 카드도, 게다가 여권도, 무엇 하나 남아 있지 않았다.
그게 끝이 아니었다.
발뒤꿈치가 아파서 보니 나는 신발도 안 신고 있었다.
'응? 샌들까지 가져간 거야?'
나는 낯선 마을에서 맨발로 경찰서를 찾아 헤맸다.

경찰관은 익숙한 듯 "대사관으로 가"라고 말했다.
왜 내가 이런 황당한 일을 당했는지 생각할 겨를도 없이
앞으로 살아갈 방법에만 집중했다.
나의 모험은 그렇게 중단되었다.

어찌 되었든 지나간 일은 지나간 일.
"나 맨발인데 신을 만한 것 좀 줘"라고 경찰관을 재촉했다.
그는 어디에서 났는지 알 수 없는 녹색의 얇은 샌들을 주었다.

나는 그제야 깨달았다.
'대사관은 어디에 있지?
대사관이 어디에 있는지 안다 해도 난 땡전 한 푼 없는데……'
또다시 경찰관에게 물어보았다.

그러자 투명한 아크릴 상자를 가지고 나왔다.

보아하니 모금상자 같았다.

경찰관은 거기에서 120바트를 꺼내 내게 주며 말했다.

"8번 버스를 타."

버스에 올라탄 나는 경찰관이 알려준 정류소에서 내렸다.

그런데 아무리 눈을 씻고 찾아봐도

대사관처럼 보이는 곳이 없었다.

'그 녀석들, 잘못 가르쳐준 건가?'

'그럼 어떻게 해야 하지?' 머리를 굴려보았다.

물론 아무런 정보도 없었다.

주위를 둘러보니 버스 정류장 앞에 자그마한 상점이 있었다.

영어가 안 통할 수도 있지만 일단 묻는 수밖에 없었다.

내어준 빵과 한 줌의 종잇조각

아주머니에게 물어보았다.

"저, 대사관은 어디에 있어요?" "……."

말이 통하지 않았다. '아, 어떻게 해야 하나?'

아주머니 옆에 있던 아저씨에게 다시 물어보았다.

"대사관은?" "버스 타고 16번에서 내려." "고맙습니다."

버스 정류장에 서 있는데 갑자기 누군가 어깨를 두드렸다.

조금 전의 그 부부였다.

그들은 하얀색 비닐봉투를 들고 있었다.

아무 말 없이 건네준 비닐봉투는 무게감이 있었다.

안을 확인해보니 빵과 물, 우유 같은 것이 들어 있었다.

그들은 놀라는 내게 눈빛으로 '가지고 가렴'이라고 말하고 있었다.

"고, 고맙습니다!"

울컥했지만 눈물을 보일 틈도 없이

아저씨가 손을 내밀어 나에게 무언가를 쥐어주었다.

내 손에 쥐어진 몇 장의 종잇조각은 돈이었다. 그것도 120바트.

"아, 네, 고맙습니다."

버스가 왔고, 나는 깊숙이 머리를 숙였다. 눈물이 흘렀다.

해외에서 울어본 것은 이때가 처음이었다.

알고 보니 태국에서 한 끼 식사를 하는 데 40바트 정도가 드니까
120바트는 하루 세 끼 정도의 식비에 해당하는 금액이었다.
그분들에게 진심으로 고마웠다.
나는 이때 전혀 알지 못하는 땅을 여행하는 것의 두려움도 알았고,
또 사람들의 따스한 정도 알았다.
결과적으로는 일단 귀국을 할 수밖에 없었지만,
그 경험이 있었기에 지금의 내가 있을 수 있다고 생각한다.
인생의 '최저'와 '최고'를 한 번에 경험했던,
나에게 있어서는 둘도 없는 소중한 경험이었다.

다시 시작된 모험

여권을 재발급 받고, 다시 모험이 시작되었다.
한 발짝 잘못 내딛었다가 '죽음의 공포'를 느낀 때도 있었다.
여행 후반부에 있었던 남미에서의 낙석 사고.
그 일은 마추픽추 관광을 마치고 나스카의 지상화를 향해
혼자 심야 장거리 버스를 타고 갈 때 일어났다.
이 지역은 산악지대로, 버스가 어둡고 깜깜한 자갈길을 달려갔다.
목숨은 운전기사에게 맡기는 수밖에 없었다.
가드레일도 없고, 포장도 안 되어 있는 이 길.
"쾅!" 꾸벅꾸벅 졸고 있는데 굉장한 굉음과 총격 소리가 들려왔다.
버스는 멈췄고, 새까만 어둠 속 여기저기서
술렁이는 사람들 소리로 떠들썩했다.

몇 십 초 후 라이트가 들어오자
경악할 만한 현장이 눈에 들어왔다.
내 자리 뒤쪽 창문이 산산조각 나 있었다.
다행히 창문만 깨지고 승객은 한 명도 다치지 않았지만,
이때 '죽음은 한순간이구나'라는 생각이 들었다.

세계 곳곳에서 일하는 사람들의 눈

이렇듯 경험치를 늘려가며 레벨 업 시켜가고 있던 나는
조금씩 여유가 생기기 시작했고,
세계 곳곳을 여유 있게 바라볼 수 있게 되었다.
그러다 한 가지 의문이 들었다.

세계 일주를 떠나기 전까지
나는 초점 없는 눈의 샐러리맨이었다.
그런 나 자신을 변화시키고 싶어 떠난 세계 일주 여행.
세계 곳곳에서 일하는 사람들은 어떤 눈을 하고 있을지 궁금했다.

결론부터 말하자면, 눈에 초점을 잃은 사람은 어느 나라에든 있었다.

프랑스에서도, 영국에서도 전철 속
사람들의 표정은 지쳐 보였다.
출퇴근길 혼잡 시간에 웃는 얼굴로 춤추는 사람이 어디에 있을까?
그런 사람은 이집트에도, 멕시코에도 없었다.
라틴의 나라 아르헨티나에도, 브라질에도 없었다.
세계 제일의 도시라는 뉴욕에도
그 시간에 카세트를 들고 춤추는 사람은 없었다.
아침에는 어느 나라나 마찬가지로
대부분의 사람들이 시선을 아래로만 향하고 있었다.

무직이 되어 여행하며 바라본 세계

하지만 일을 그만두고 무직이 되어 여행을 하는 나는
그 모습을 조금은 다른 시각에서 볼 수가 있었다.

영국인 친구는 "아침에 너무 졸려, 일하기 싫어"라고 말했다.
그럼에도 매일 출근을 했다.
기온이 55도인 날 인도의 기념품 가게 점원에게
"인도 사람도 더위를 타요?"라고 묻자,
"당연히 더운 거 아냐? 이런 날에는 일하기 힘들지!"라고 말했다.
그렇게 말하면서도 진지한 얼굴로 가게 입구에 서서
손님 맞을 준비를 했다.

시장에서 아침 4시부터 일하는 사람도 세상에는 참 많을 것이다.
버스 운전을 하는 사람, 화물을 운반하는 사람, 가게를 운영하는 사람.
어디나 다를 바 없이 모두 열심히 일하고 있다.

열심히 하려는 의지를 눈에 담아라

그때 한 가지 깨달은 것이 있다.
'땀을 흘려가며 열심히 일하는 사람들이 없다면
내가 이렇게 여행을 하는 것도 결코 불가능할 것이다.
그 사람들이 있기에 우리의 여행이 가능한 것이다.'

이는 샐러리맨들도 마찬가지다.

경영자가 아무리 훌륭해도 열심히 일하는 샐러리맨들이 있기에,
현장에서 일하는 사람들이 있기에 세계는 움직이는 것이다.

'초점 없는 눈을 보기보다는 의지가 가득한 눈을 보자!'

귀국하고 3개월 후
나는 다시 샐러리맨으로 돌아왔다.
같은 자리에서 변화된 자신이
어느 정도 해낼 수 있는지 시험해보고 싶었기 때문이다.

무언가에 매달리기를 그만두다

여행을 다녀와서 리셋이 되지 않는 인생의 즐거움을 알게 되었다.
인생은 모험이라는 것을 깨달았다.
잃을 것 따위는 아무것도 없다는 것을 알았다.
또 샐러리맨을 이전과는 다른 각도에서 볼 수 있게 되었다.

귀국 후 희한하게 보이지 않는 공포에 위협당한다는 생각도,
무언가에 매달리지 않으면 안 된다는 생각도 사라졌다.
"잃을 것이 없는 사람은 무서울 게 없다"고 말하지만,
언제든 변화될 준비가 되어 있는 사람도 분명 무서울 게 없다.

나는 나도 모르는 새 세계 일주를 떠나기 전보다 레벨 업 되어 있었다.

일을 그만두고 여행을 떠난 덕분에
더 성숙한 내가 되었다

'만일 이 선택이 틀렸다 할지라도
나 자신에게 맞는 것을 찾기까지 새로운 것에 도전하면 된다.'
지금 나는 이렇게 생각한다.
한 해, 한 해 정신없이 일을 이어가기보다
일을 그만두고 1년 동안 여행을 다닌 덕분에
더 성장할 수 있었다고 생각한다.

평범한 사람이라도 결단만 내리면 '꿈은 이루어진다.'
375일에 걸쳐 방문한 34개국이 그것을 증명해주었다.

10년 정도 일한 뒤 세계 여행을 떠나서인지
학창 시절 했던 여행보다 얻을 수 있는 정보도 몇 배나 더 되었다.
젊을 때 '두려움'을 모르고 하는 여행도 최고겠지만,
'다양한 두려움'을 알고 세계로 나서는 것도 또 다른 즐거움을 준다.

세계 일주 여행 루트

<IN> 홍콩→인도→네팔→핀란드
→에스토니아→프랑스→영국→스
페인→모로코→이집트→요르단→
이스라엘→아르헨티나→볼리비아
→페루→에콰도르→콜롬비아→미
국 <OUT>

12

내 속에 내재되어 있는 불가능의 폭을 좁혀간 여행

아르헨티나의
최남단 숙소에서
만난 나의 꿈

니시가와 타케시 (당시 만 21세)/ 대학생
350일간 / 18개국

Change?

과거의 좌절에서 헤어나지 못하던
대학생

?

가이드북 없이 무지 상태로 떠난 여행

세계 일주를 떠나기 전날 밤,
인생의 획을 긋고 오겠다고 나는 부모님께 편지를 썼다.
"다녀오겠습니다."

이른 아침, 제일 빠른 비행기 편을 이용해 홍콩으로 향했다.
휴대전화가 울리기 시작했다. 고향에 있는 친한 친구였다.
이메일이 왔다. 대학 친구였다.
공항 옥상에는 핑크색 손수건을 흔드는 자그마한 그녀가 있었다.
그녀는 전화 너머로 "잘 다녀와"라고 말해주었다.
'살아서 돌아오지 않으면 안 되겠다.'
세계 일주 첫날은 나에게 있어서 잊을 수 없는 날이 되었다.

홍콩에는 금방 도착했다.
"가이드북 따위 필요 없어! 아무것도 모르는 상태로 여행하고 싶어!"
홍콩으로 날아오기는 했는데, 어디로 가야 할지 알 수 없었다.
배낭이 무겁게 등 뒤에 걸려 있어서
빨리 이 짐을 던져버리고 싶을 뿐이었다.

지나가는 사람에게 영어로 말을 걸었다. "Excuse me.(실례합니다.)"
그는 경계하는 듯한 얼굴로 무슨 뜻인지 알 수 없는 말을 하며
내 옆을 지나쳐버렸다.
숙소는 좀처럼 찾을 수 없었다.

'큰일이다. 여행 첫날의 숙소 정도는 알아두었어야 했다.

여기가 어딘지 진짜 모르겠다.'

그런 나 자신에게 실망하며 헤매다,

현지인으로 넘쳐나는 식당을 발견했다.

엄청 큰 짐을 가진 내게 시선이 집중되었다.

주문을 받으러 온 아주머니가 현지어로 말을 걸어왔다.

" ※＆＊GKO#%"

나는 바로 눈앞에서 한 아저씨가 먹고 있는 것을 가리키며

"주세요!"라고 말했다.

그러자 아주머니는 살짝 미소를 지으며 알았다는 듯 돌아갔다.

눈앞의 아저씨도 이쪽을 보며 웃어주었다.

'이 국물, 정말 맛있어.' 아마 그런 뜻이었을 것이다.

드디어 여행의 첫날 밤을 맞다

홍콩에서의 첫날이 저물어갔다. '드디어 나의 여행이 시작되었구나.'

앞으로 어떤 만남이 기다리고 있을지,

어떤 날들이 기다리고 있을지 좀처럼 상상이 되지 않았다.

앞이 보이지 않는 격동의 1년을 생각하니 설레기까지 했다.

'오늘 밤에는 어디에서 머무를까.'

여행의 첫날 밤은 그렇게 찾아왔다.

저거요!

내가 세계 일주를 떠난 이유

내가 세계 일주를 떠난 이유는
어느 누구도 한 적 없는 것을 하고 싶었기 때문이다.

고교 시절, 축구 선수가 되기 위해 축구 강호 학교에 입학했지만,
3학년 마지막 전국 축구선수권 예선 결승 날,
나는 벤치가 아닌 필드 밖 스탠드에 서 있었다.
죽을 만큼 분했다. 그 일을 생각하면 지금도 분하다.

'아무리 노력해도 꿈이 이루어지지 않는구나.'
'나는 무엇도 극복할 수 없는 지극히 평범한 인간이다.'

그렇게 대학생이 된 나는
나의 꿈이 무엇인지, 무엇을 하면 좋을지 알 수 없었다.
오래전의 꿈에 끌려 다니며 축구 코치를 해보기도 했다.
과거의 좌절을 한 번에 확 날려버릴 무언가를 찾고 있었다.

과거에서 벗어나 한 걸음 앞으로 나아가고 싶었다

'언젠가 그때의 필드보다 더 큰 무대에서
반드시 스포트라이트를 받는 모습을 보여주겠어!
누구도 본 적 없는 광경을 꼭 보여주고 말겠어!'

당시 내 주위에 세계 일주를 했던 사람은 없었다.
나는 고민하면서도 '그래, 이거야'라고 생각했다.
더 이상 과거에 끌려 다니지 않고
한 걸음이라도 앞으로 나아가고 싶었다.
나에게 있어서 그 한 걸음은 세계 일주였다.
세계 일주가 내게 스포트라이트를 받게 해줄 거라는 생각이 들었다.

하지만 여행을 떠난 뒤 깨달았다.
**'세계에는 이미 어딘가의 누군가가 걸어가며 만든
여행자의 레일이 깔려 있다는 것을.'**

세계 일주, 별거 아니네

어떤 숙소에 가보면
친절하게 정리된 '정보 노트'가 놓여 있었다.
정해진 루트, 추천하는 숙소, 레스토랑 정보······,
인터넷에서도 어렵지 않게 여러 가지 정보를 손에 넣을 수 있었다.
'뭐야, 그렇게 여행하면 이미 누군가 했던 것을 되풀이하는 거잖아.'

나는 누구도 걸어본 적 없는 길을 걷고 싶었다.
누군가 이미 열어본 보물 상자를 보는 것은 전혀 흥미롭지 않았다.
모처럼 세계 일주에 뛰어들었는데,
다시 나 자신이 어디서나 흔히 볼 수 있는 존재로 여겨져 슬퍼졌다.
'뭐야, 세계 일주, 별거 아니잖아.'

그렇게 생각한 나는 나만이 할 수 있는 특별한 여행을 하고 싶어
여러 가지에 도전을 했다.
스페인어, 악기, 댄스, 등산, 초상화 판매,
인도의 갠지스강을 건너편 강가까지 헤엄쳐 가기 등등
자그마한 도전이 점점 자신의 족쇄를 풀어가고 있었다.

무엇보다 나에게 자신감이라고 하는 씨앗을 심어준 것은
모로코에서 '고리 던지기 가게'를 한 일이었다.

열한 번째 여행지였던 모로코에서 나는 사기를 당했다.
광대한 사하라 사막을 14일간 천천히 돌아보며 즐기는
사막 트레킹 가이드 요금을 지불했는데,
사막에서의 트레킹은 3일 만에 끝나버렸다.

나: "왜 벌써 돌아온 거야. 아직 11일이나 남아 있잖아!"
가이드: "3일간이야, 난 3일간의 트레킹 요금만 받았어."

거짓말 같지는 않았다. 가만히 보니 상황 파악이 되었다.
나에게 바가지를 씌웠던 것이다.

모로코 사람에게서 돈을 꼭 돌려받겠어!

너무 무르고 나약한 나 자신을 반성했다.
그러면서 동시에 '모로코 사람은 신뢰할 수 없어! 정말 싫어!'라는
생각이 더더욱 끓어올랐다.
'반드시 이곳 모로코 사람들에게서 내 돈을 돌려받겠어!'

여행자답지 않은 나쁜 생각을 품고,
나는 모로코의 중앙 도시 마라케시로 향했다.

'고리 던지기 가게'를 시작하다

광장에서는 코브라 뱀으로 묘기를 보여주는 사람이나
거리의 음악가들이 공연을 했고,
독특한 음악과 상인들의 호객 소리가 울려 퍼졌다.
'여기에서 포장마차 같은 것을 하면 돈을 벌 수 있을 것 같은데!'
나는 거기서 장사를 하기로 마음먹었다.

무얼 할까 고민하다가 결국 '고리 던지기'로 결정했다.
룰은 간단했다.
늘어선 페트병에 신문지로 만든 '고리'가 들어가면
돈을 건 금액의 다섯 배를 돌려주는 시스템이었다.

나는 모로코 사람들에게
'이 게임은 절대 불가능하지 않다'는 것을 증명하기 위해
밤마다 숙소 옥상에서 고리 던지기 연습을 해
기술을 충분히 몸에 익힌 다음 개점을 했다.

모로코의 민족의상을 몸에 걸치고 광장으로 향한
나는 광장의 빈 공간에 페트병을 놓고,
그 옆에 촛불을 진열해 불을 밝혔다.
주변의 시선이 뜨겁게 느껴졌다.

'저 사람, 도대체 뭘 하려는 거지?'

내가 한다고 했지!

많은 관심에 조금 주눅이 들면서도,
나는 "1DH(약 120원)!"라고 외치면서
페트병을 향해 신문지 고리를 던졌다.
현지인들이 하나둘 관심을 보이며 모이기 시작했다.
몇 번 던진 끝에 고리가 페트병에 제대로 들어갔다.

"어때? 너희들도 해볼래?"
내가 웃으면서도 그렇게 말하자, 점점 현지인들이 몰려들었다.
계속해서 실패를 반복하는 모로코 사람들.
그러다 성공을 하면 펄쩍펄쩍 뛰며 소리를 질렀다.
그것이 또 다른 손님을 불러 모았다.

손에 들고 있던 빈 캔에는
어느새 지폐와 동전이 가득 찼다.
돌아오는 길, 고리 던지기에 성공해
"드디어 해냈어!"라고 외치던 한 아저씨처럼 나도 환호성을 질렀다.
그날부터 거의 매일 광장에서 고리 던지기 장사를 이어갔다.

모로코 사람을 직원으로 뽑다

어느 날 "우와, 대단해, 사람들 좀 봐!"라며 말을 걸어온
모로코 사람이 있었다.
그날은 그가 아라비아어로 홍보를 해준 덕분에 매상이 더욱 올라갔다.
밤에 그와 밥을 먹으러 가서 여러 가지 이야기를 나눴다.

나: "이름이 뭐야?"
그: "핫산이야! 여기 국물 진짜 맛있지!"

무직이었던 핫산은 그날부터 내 밑에서 아르바이트로 일하기로 했다.
그 후로 광장에는 점점 더 많은 사람들이 모이고,
장사는 점점 더 잘되었다.
벌어들인 돈으로 나는 매일 핫산과 밥을 먹었다.

여행이 차츰 일상화되어가고,
마라케시에 온 지도 어느덧 한 달이 넘어가고 있었다.
그런데 너무 눈에 띄었던 나를 경찰이 예의 주시하고 있었다.
주변의 모두가 조금은 아쉬워했지만,
나는 고리 던지기 가게를 접기로 했다.
물론 고리 던지기 세트는 핫산에게 선물로 넘겨주었다.

핫산은 엄격한 일신교의 이슬람 국가에서는
있을 수 없는 최고의 감사 표시를 해주었다.
"당신은 내게 일을 주었기 때문에 나에게는 신이었어."
엄청 싫은 나라였던 그곳을 막상 떠나려니 어쩐지 서운하고,
집을 떠나던 때와 같은 기분이 들었다.

여행에서 얻은 것은 근거 없는 자신감

새로운 도전을 할 때마다 나는 '내가 할 수 있을까' 하고 걱정을 했다.
두려움으로 발길이 떨어지지 않을 때마다
떨리는 다리를 부여잡으며 한 걸음씩 내딛기를
여행 중 몇 번이나 되풀이했는지 모른다.

그러면서 얻은 '할 수 있다'는 근거 없는 자신감은
무언가를 시작할 때 반드시 필요한 것이라고 생각한다.

세계 일주 후 나는 무엇을 하고 싶은 걸까?

'난 무엇도 할 수 없는 평범한 인간이야'라던 좌절감은
자취를 감추고, 세계 일주 후 무엇을 하면서 살아갈지를 생각하며
어느새 나의 발길은 다음 여행지를 향해 가고 있었다.

어느 여행자에게 들었던 말 중에 마음 깊이 새겨진 말이 있다.
"언제든 돌아갈 수 있는 곳이 있기에,
그런 무모한 여행도 할 수 있는 거야."

그 말에 나를 항상 응원해주는 사람이 있다는 사실을 새삼 깨달았다.
그렇다면 이제는 내가 주위 사람들의
등을 밀어주는 존재가 되고 싶다는 생각을 했다.
그저 스포트라이트를 받고 관심의 대상이 되고 싶어 시작한
여행의 목적이 바뀌기 시작했다.

어렴풋했던 생각이 꿈이라는 형태로 바뀌게 된 것은
남미의 세계 최남단 거리, 우수아이아에서 있었던 만남 덕분이었다.
그곳에는 우에노 준코라고 하는 할머니가 경영하는
'우에노 산장'이 있었다.
오랜 기간 여행자들을 맞이해주며,
세계 일주를 하는 여행자들에게는 꽤 유명한 곳이었다.
여행자들은 할머니의 이야기를 듣기 위해 그곳을 찾았다.

세계 최남단 숙소, 우에노 산장

알래스카에서 자전거를 타고 이곳으로 온 사람도 있는 듯했다.
나도 그 할머니를 만나고 싶다는 일념 하나로 이 마을을 찾았다.
하지만 숙소에 도착했을 때
할머니는 마침 넘어져서 병원에 입원 중이었다.

일주일간 머물 예정이었는데 어느새 6일이 지나고 마지막 날,
거의 포기하고 있던 차에 다행히 할머니가 퇴원해 숙소로 돌아왔다.
방에 들어가자, 할머니는 기다렸다는 듯 우리를 맞아주었다.
87세라고 볼 수 없을 만큼 발랄함이 묻어나는 말투였다.

"아, 진짜 병원 밥은 맛이 없어.
난 일본사람이라 간장으로 맛을 내주지 않으면 영……."

할머니는 여행자들의 이야기를 듣는 것이 재미있다고 했다.

**"나는 자주 여행을 하지는 못해도 사람들의 이야기를 듣다 보면
나도 모험을 하고 있는 기분이 들거든.
이곳에서 산다는 것만으로,
셀 수 없이 많은 사람들과 멋진 만남을 가질 수 있는 것이 내게는 큰 행복이야."**
그 말에 나는 너무 기뻤다.
사진을 찍으며 악수를 할 때 잡은 할머니의 손은
참 따뜻하고 부드러웠다.

할머니는 그렇게 나의 꿈이 되었다

나는 엉겁결에 입 밖으로 이런 말을 내뱉어버렸다.
"서른 살이 되면 저도 게스트하우스를 하고 싶어요.
숙소를 시작하기 전에 이곳에 꼭 다시 올게요!"

할머니는 기뻐하며 이렇게 말해주었다.
"아, 정말? 그렇다면 난 앞으로도 10년을 더 살아야겠네.
그럼 꼭 다시 와줘야 해. 그땐 우리 축하 파티를 하자!"

"약속입니다. 반드시 다시 올게요!"

한 달 후에 할머니가 돌아가셨다는 소식을 들었다.
이제 더 이상 할머니는 이 세상에 없고,
더 이상 그곳에 여행자들을 맞아주는 장소도 없다고 생각하니
너무 서운하고, 슬프고, 믿을 수 없었다.

하지만 돌아가시기 전에 만날 수 있었다는 것만으로도 감사드린다.
약속은 지킬 수 없게 되었지만,
나는 꿈을 이루기 위해 반드시 우수아이아에 다시 갈 것이다.
이제 기다려주는 사람은 없지만, 함께 했던 약속을 지키기 위해.
나도 할머니처럼
언제라도 또 만나러 가고 싶은 생각이 드는 사람이 되어서!

세계 일주보다 멋진 인생 이야기를 들려주겠어

단지 세계를 일주했다는 그 사실 하나가
내게 선물해준 자신감은
내 속에 내재되어 있는 불가능의 폭을 좁혀주었다.
도전의 고통도, 기쁨도 알게 된 나는
가령 그것이 아무리 큰 벽일지라도, 아무리 수상한 문이라 할지라도,
그 앞의 광경이 보고 싶다는 생각이 든다면
발이 묶여 있다 한들 그 벽을 넘어 문을 열고 나아갈 것이다.

왜냐하면 그 앞에는 반드시 주체할 수 없는 감동과
한 편의 드라마 같은 일이 기다리고 있으리라는 것을
알아버렸기 때문이다.

인생이라는 이야기, 세계 일주보다 멋진 이야기를 들려주고 싶다.
**'세계 일주를 하던 날들은 언젠가 태양이 내리쬐어 빛나던 카리브해처럼
반짝반짝 빛이 나는 일생의 보물이다.'**

나는 여행을 되돌아볼 때마다 그렇게 생각하고,
만일 내일 죽는다 해도
그 1년의 궤도를 더듬어가며 웃음 지을 수 있을 것만 같다.

도전해보는 것이야말로 인생이지

만약 세계 일주를 떠나지 않았다면
나는 과거의 좌절에 끌려다니며 술집에서 맥주를 마시면서
잘나가던 시절을 안주 삼아 곱씹으며 살아갔을 것이다.
하지만 세계 일주 후
새로운 광경을 보기 위해 계속 도전해가는 인생으로 바뀌었다.
'인생이란 도전하는 것이지.'

350일간의 여행 마지막 날,
마이애미에서 귀국 편 비행기를 기다리는 동안
이제껏 만났던 사람들의 표정이나 거리의 모습이 머릿속에 맴돌았다.
그 사람과 만나지 못했더라면, 그 사람이 그곳에 없었다면
아마 이미 죽었을지도 모를 운명의 순간도 있었다.

집으로 돌아가고 싶었던 적도 한두 번이 아니었다.
그럼에도 앞으로 한 걸음 나아가 서쪽으로 날아갔던 나는,
이제 내 집이 있는 곳을 향해 동쪽에서 가려 하고 있다.

실은 여행 중 헤어지게 된 여자 친구가 마중을 나와 있었다.
우리는 함께 버스에 올라탔다.
집까지 함께하는 길, 나의 길고 긴 여행은 앞으로 30분 남았다.
'남아 있는 30분 동안 나는 지난 1년간의 여행 이야기를
그녀에게 하겠지.'

세계 일주로 얻은 꿈을 등에 업고 돌아오다

'엄청나게 외로웠던 밤의 이야기는 그래, 접어두자.
세계 곳곳에서 만난 친구들과 함께 술 마셨던 이야기를 해야겠다.
정말 멋졌던 곳도 이야기하고,
세계 곳곳에서 느낀 따스한 정에 대해서도 이야기해야지.'

**'배낭 대신 세계 일주에서 얻은 꿈을 등에 업고 가는
지금부터가 내 인생이다.'**
이렇게 스스로에게 말하며 멈추지 않는 눈물을 닦고,
그녀에게 나의 지난 여행 이야기를 하며
나는 긴 꿈에서 천천히, 천천히 깨어나고 있다.

세계 일주 여행 루트

<IN> 호주→뉴질랜드→칠레→볼리비아→페루→에콰
도르→베네수엘라→이스타 섬→아르헨티나→우루과이
→파라과이→브라질→파나마→코스타리카→니카라과
→온두라스→엘살바도르→과테말라→벨리즈→멕시코
→미국→스페인→안도라→포르투갈→모로코→프랑스
→벨기에→룩셈부르크→네덜란드→독일→체코→폴란
드→헝가리→크로아티아→보스니아헤르체고비나→세
르비아→불가리아→터키→이란→ UAE →스리랑카→
말레이시아→싱가포르→태국→라오스→캄보디아→베
트남→중국→한국 <OUT>

13

언젠가 딸에게 들려주고 싶은 여행

용기를 불어넣어준
이란의 마음 따뜻한 가족

이코마 미키 (당시 만 27세)/ 파견사원
482일간 / 48개국

Change?

부부 둘만을 위한
허니문

?

난 딸에게 가르쳐줄 수 있다

"언젠가 세계 일주를 해보고 싶어."

대학생 때 만난 남편과 아마 그 무렵부터 그런 이야기를 했던 것 같다.
우리는 세계 일주를 위해 한 달에 십만 원씩 같이 적금을 들기로 했다.
그리고 세계 일주의 꿈을 우리의 신혼여행에서 이루었다.

기간은 정하지 않고,
일단 돈이 없어질 때까지 여행을 다녀보기로 했다.

좋아하는 사람과 함께한 482일간은
정말 분에 넘치도록 행복하고 소중한 시간이었다.
시간적으로나, 경제적으로나 조금은 사치스러운 여행을
할 수 있었던 것도 타이밍이 맞았기에 가능했다고 생각한다.

기분 좋게도 세계 일주에서 돌아온 후 귀여운 딸을 낳게 되었다.
새삼스레 세계 일주 하기를 참 잘했다는 생각이 든다.

나는 앞으로 딸에게 세계 곳곳에서 보았던
아름다운 경치나 추억을 이야기해줄 수도 있고,
세상에는 어린아이가 자신보다 더 어린 아이를 업고
길에서 생활하기도 한다는 것을 알려줄 수도 있다.

그러하기에 딸아이가
얼마나 행복한 환경에 있는지를 말해줄 수도 있다.
딸이 태어날 나라도, 가정도 선택할 수 없는 상황에서
우리들에게 태어나준 것에 감사하며
이 아이를 반드시 행복하게 해주어야겠다고 생각하고 있다.

'물론 굳이 여행을 떠나지 않았더라도
아이의 행복을 바라는 것은 부모로서 당연한 것이겠지만,
세계를 돌아보고서 꿈꾸는 행복도, 감사하는 마음도 더욱 커진 것 같다.'

계절이 어느새 여름에서 겨울로 바뀌다

불안함보다는 신나는 마음이 훨씬 컸다.
대학 시절, 남편과 졸업여행을 가기 전날 갑자기 열이 나서
여행 첫날부터 고생한 기억이 있는 나는
이번 여행을 위해 체력 보강에 힘을 썼다.

공항으로 가자, 친구들이 몰래 환송 준비를 하고 기다리고 있었다.
친구들은 "잘 다녀와"라고 쓴 부채까지 손수 만들어 선물해주고,
우리의 모습이 보이지 않을 때까지 손도 흔들어주었다.
여권에 출국 스탬프가 찍힌 것을 보고
갑자기 쓸쓸한 기분이 들어 울컥하기도 했지만,
'드디어 여행이 시작되는구나'라는 생각에 설레기도 했다.

6월, 빗속에서 우리는 출발했다.

첫 번째 나라는 호주.
케언스를 경유해서인지 멜버른까지의 거리는 정말 멀게 느껴졌다.

계절은 한순간에 여름에서 겨울로 바뀌었다.
숙소가 너무나 추웠기에 지금도 선명하게 기억하고 있다.
앞으로 나의 두 발로 지구를 한 바퀴 돌며
무슨 생각을 하게 될지 설레고 기대되었다.
그러면서 남편과 무사히 귀국할 수 있게 해달라고 기도했다.

전쟁, 테러, 위험 = 이란?

다양한 나라를 실제로 가서 보고, 듣고, 체험하고 나서야 처음으로
이제껏 극히 일부의 정보에 내가 얼마나 휘둘렸었는지 알게 되었다.

지금까지도 뚜렷하게 기억하고 있는 것은
우리들이 갔던 48개국 중 40번째 나라였던 이란에서의 일.
그동안 전쟁이나 테러는 나와는 다른
무서운 인종의 사람이 저지르는 것이라고만 믿어왔었다.
하지만 현실은 너무도 달랐다.
내가 알고 있던 모든 것이 뒤죽박죽이 되는 듯한 느낌이었다.
이란 사람들은 우리가 다닌 48개의 나라 중에서 가장 친절했다.

어느 마음 따뜻한 가족과 함께한 밤의 피크닉

거리를 걷다가도 친절한 사람들을 많이 만났다.
길을 물으면 목적지까지 함께 가주거나,
더운 날 갑자기 얼음을 주기도 하고,
빵집에서 슈크림빵 두 개를 사려 하자,
"돈은 필요 없어요"라며 그냥 주기도 했다.

에스파한이라는 세계 유산의 거리에서는
우연히 세 명의 남매를 만나
밤의 피크닉에 초대받기도 했다.

"어서 오세요."
우리는 남매와 함께 아버지와 어머니가 기다리는 공원으로 갔다.
전혀 모르는 외국인임에도 불구하고
그들은 마치 우리를 잘 아는 사람 대하듯 기꺼이 맞아주었다.

이란에서는 해가 저물어 어둑어둑해질 무렵이 되면
낮 동안 집에만 있던 여성들이나 아이들도 밖으로 나와
가족끼리 피크닉을 가는 관습이 있다고 한다.
가족이 모여서 고민거리가 있으면 함께 해결 방법을 찾으며
용기를 북돋아주고,
기쁨도 모두 함께 공유하고 있었다.

가족 간의 정을 소중히 하는 이란 사람들의 마음에
우리는 깊은 감동을 받았다.

'어느 나라 사람이든 모두 그렇게 행복을 바라는데,
어째서 전쟁이나 차별이 일어나는 걸까?'
조금은 쌀쌀한 공기 속에서
소박하고 따뜻한 이란 가족의 대화를 들으며 생각했다.

"우리 집에서 머물래?"

또 어느 날엔가는 야스드라는 마을에서 마슈하드라는 마을로
이동하는 버스 안에서 젊은 부부가 말을 걸어왔다.

"어디에서 왔어요?" "어떻게 이란에 온 거예요?"
"그럼 앞으로 어디로 갈 건데요?"
그들도 우리처럼 신혼부부였는데,
남편과 그의 여동생들을 데리고 친정집으로 가는 중이었다.
버스가 잠시 휴게소에서 멈춰 설 때마다
이란어로 안내를 해 전혀 알아들을 수 없던 우리에게
그들은 정차 시간도 알려주고, 화장실 위치도 알려주고,
심지어 가지고 있던 저녁 식사까지도 나누어주었다.

우리는 꼭 고맙다는 인사를 하고 싶었다.

이른 아침, 터미널에 도착해 고맙다는 말을 하려 하자,
"어디에서 묵어요? 괜찮으면 우리 집으로 가요"라고
그녀가 먼저 말을 건네주었다.

생각지도 못한 말에 놀라면서도
머물 곳을 정해놓은 것도 아니었고,
그들과 더 많은 대화를 해보고 싶기도 해서
하루만 신세를 지기로 했다.

친척들과 함께 식사하며 수다를 떤 시간

그녀의 친정집에 도착하자,
이미 외국인을 데리고 가겠다고 전화를 해놓았는지
조금의 주저도 없이 "어서 와요!"라며
부모님과 여동생이 마치 친구가 온 것처럼 환영해주었다.

샤워도 할 수 있도록 배려해주고,
편안히 낮잠까지 잘 수 있도록 해주고는
일어나자 점심 식사까지 차려주었다.
그러고 보니 많은 친척들이 이미 모여 있었다.

'외국인을 본 적이 없어서 모인 건가?'라고 생각했는데,
그게 아니라 이란에서는 금요일이 일주일에 한 번 있는 휴일이라
이날 친척들이 모여 함께 식사를 하기로 했던 것이었다.

부인과 그 여동생의 통역으로 우리는 많은 질문을 받았다.
우리 역시 이슬람교 여성 입장에서
자매가 무슬림인 것에 대해 어떻게 생각하고 있는지 등
많은 것을 묻고 많은 이야기를 들었다.

"너희는 내 자식이나 다름없어"

마지막 날 밤에는 가족 모두가 따뜻한 국물과 밥을 준비해
피크닉을 떠났다.

자동차에 짐을 챙기고 약 30분을 달린 끝에
야트막한 언덕 위에 도착했다.
자그마한 유원지 같은 그곳에는
몇몇 가족이 피크닉을 나와 있었다.

주차장 한편에 넓은 천을 펼친 다음
준비해온 식사를 꺼내놓고,
조금은 쌀쌀했기 때문에 모두 밀착해서 하나의 둥그런 원을 만들어
단란한 가족처럼 시간을 보냈다.

"너희는 내 자식이나 다름없어. 많이 먹으렴."
어머니는 남편에게 밥을 꾹꾹 눌러 많이 담아주셨다.
그리고 우리 부부를 향해 말씀하셨다.

"집으로 돌아가면 일도 하고, 아이도 낳고, 0부터 시작하면 돼. 괜찮아."

우리에게 용기를 불어넣어준 가족

"우리 부부도 처음에는
집도, 돈도, 아무것도 없이 0에서 시작했어.
하지만 지금은 직업도 있고, 귀여운 딸도 둘이나 있지.
그러니까 너희들도 괜찮아."

우리 부부를 가족의 일원으로 받아주고,
가족들의 소중한 시간에 함께할 수 있도록 초대해준 것도 모자라
세계 일주 후의 우리 삶에 용기까지 불어넣어준 것이었다.
버스 안에서 시작된 그 우연한 만남이
3년이 지난 지금까지도 이어지고 있다.
딸을 갖게 된 때에도, 아이가 태어난 때에도
멀리 떨어져 있는 이란에서 기도를 해주었다.

실은 마지막 날 밤, 나는 심한 두통에 시달렸다.
그래서 피크닉에 가지 못하겠다고 거절하려 했다.
하지만 조금 무리해서 같이 가길 잘했었다는 생각이 든다.
어머니가 만들어주신 따뜻한 국물과 밥을 먹고,
사랑이 듬뿍 담긴 밥을 떠주며 기뻐하시던 어머니의 웃는 얼굴을
보면서 진짜 가족처럼 함께했던 밤의 피크닉은 두통도 거짓말처럼
사라지게 했으니까.

"이란, 정말 좋았어." "이란 사람들, 참 좋아요."
여행을 하며 만난 사람들이 하나같이 이렇게 말해
어쩐지 막연하게 가보고 싶었던 이란.
설마 이렇게 내 삶에 커다란 영향을 줄 사건이
기다리고 있을 줄은 꿈에도 생각 못했다.

전쟁, 테러, 그딴 거 누구도 바라지 않아

이란은 확실히 지역적으로 테러가 일어나 위험한 곳도 있지만
그것은 종교와 종교가 충돌하고 있는 일부 지역의 문제이고,
이란 사람들 모두가 테러나 전쟁을 바라는 것은 아니다.

전쟁이나 테러에 희생되고 있는 나라의 국민들 대다수는
그런 것을 더더욱 바라지 않는다.
그런 당연한 것조차도 그전에는 깨닫지 못했다.

텔레비전이라는 자그마한 상자,
인터넷이라는 누군가에 의해 편집된 정보를 통해
내 눈에 보이는 것만 믿고
내가 그동안 얼마나 편향적으로 생각했었는지를 알게 되었다.

딸에게 들려주고 싶은
엄마, 아빠의 482일간

딸에게 들려주고 싶은 것이 참 많다.

3개월간 호주에서 남편은 수박과 멜론을 수확하고,
나는 호텔에서 하우스키핑 일을 하며 여행 자금을 모았던 것.
갈라파고스제도에서 많은 동물을 만났던 것.
나중에 꼭 딸을 데려가고 싶은 남미 대륙은
굉장히 커서 볼거리도 엄청 많고,
조금은 멀지만 굉장히 재미있는 곳이라는 것.

미국에서는 남편이 어렸을 때 어머니와 단둘이 살았던 마을에 머물며,
남편이 다녔던 초등학교를 방문했던 것.
아이의 탄생을 기뻐하며 지켜주는 사람들이 있었던 것.

보스니아헤르체고비나의 수도, 사라예보.
내전을 경험한 나라인 만큼 마을 곳곳에 총탄의 흔적이 있었던 것.
하지만 그곳에서 생활하는 사람은
그저 평범한 아이, 젊은이, 어른, 노인.
활기 넘치는 오픈테라스 카페가 줄지어 있는 것.
그것은 다른 나라와 크게 다르지 않은 일상이라는 것.
'위험한 나라에서 살아가는 사람들=위험한 사람',
그런 편견을 가지고 있었던 것에 후회한 것.

딸이 어른이 될 무렵이면 아마 없어져버릴지도 모를
'정보 노트'라고 하는,
여행하는 사람들이 자신이 갔었던 곳의 정보를
손으로 기록한 노트가 세계 곳곳의 숙소에 있다는 것.

우주 왕복선을 쏘아 올리는 것을 보았던 것.

'아이가 태어나면 다시 이곳에 오고 싶어.'
남편과 둘이서 그렇게 생각했던 곳이
세계 곳곳에 많이 있다는 것이 무엇보다 행복하다.

세계 일주는 긴 인생 중 한순간의 사건

귀국하는 날, 시아버지가 공항까지 마중을 나와
"어서 와"라며 안아주었다.
그제야 마음이 놓였다.
그리고 482일간 무사히 여행을 이어갈 수 있도록
건강한 신체를 물려주신 양쪽 부모님에게 감사드렸다.
'지금까지 여행을 이어갈 수 있었던 것은
이렇게 우리를 믿고 기다려주는 사람이 있기 때문이었어.'
감사한 마음이 절로 들었다.

세계 일주, 갈까 말까 고민이 된다면 꼭 가보는 것이 좋다.
어찌 보면 좋은 뜻으로, 세계 일주도 그렇게 대단한 일은 아니다.

1년 이상 집을 떠나 있는 것에 대해 여행을 가기 전에는
돌아오고 나서 그다음에는 어떻게 해야 될까,
마음 한구석에서 고민이 참 많았다.
하지만 지금은 이렇게 돌아와서 일도 하고 있고,
새로운 생명도 탄생해 육아도 하고 있고,
평범한 일상으로 돌아와 있다.
물론 여행을 무사히 잘 마치고 돌아왔기에 가능한 것이겠지만.
지금에 와서는 세계 일주로 인해
그 후의 인생은 다 잃는 것 아닐까 고민했던 것 자체가
쓸데없는 걱정이었다는 생각이 든다.

앞으로 내가 몇 년을 살지는 모르겠지만,
몇 십 년 중 1년 4개월이라는 시간은
다시 생각해보면 인생의 일부라고 할 만큼 한순간이었다.
이 짧은 시간을 여행하는 것만으로도
인생에 있어서 얼마나 커다란 원동력이 되는지 생각해보면
세계 일주는 꼭, 반드시 가는 것이 좋다.

딸의 어떠한 선택도 믿어주려 한다

여행을 마친 순간, 사실은 딸이 여행을 떠난다고 했을 때
속으로는 엄청 걱정하며 반대하고 싶으셨을 엄마가
아무 말 없이 보내주신 것에 감사했다.
지금 이렇게 딸이 태어나 엄마가 되어보니
그 순간 엄마가 어떤 마음으로 나를 보냈을지,
얼마나 걱정을 하셨을지 이해가 된다.
솔직히 조금 가슴이 아프다.
다 큰 딸이 세계 일주를 떠난다고 생각하면 물가에 내놓은 아이처
럼 잘 지내고 있을지, 밥은 잘 먹고 다닐지, 테러 위험이 있는 곳에
있는 것은 아닌지, 안전하게 잘 다니고 있을지 걱정되어 견딜 수 없
을 것 같다. 하지만 딸을 믿고, 앞으로 딸의 선택을 최대한 응원해
주고 싶다.
지금 이렇게 생각할 수 있는 것도
세계 일주를 다녀왔기에 가능한 것이라고 생각한다.

세계 일주 여행 루트

<in> 중국→홍콩→베트남→캄보디아
→태국→라오스→인도→요르단→이스
라엘→이집트→스페인→이탈리아→스
위스→프랑스→벨기에→네덜란드→독
일→모로코→영국→아이슬란드→미국
→칠레→볼리비아→이스타 섬 <out>

14

지금 내 환경에 감사하게 된 여행

행복의 답은
내 안에 있다 !

기타 시쿠라고 (당시 만 24세)/ 간호사
365일간 / 23개국

Change?

행복의 답을 찾아 떠난
간호사

?

"한 번뿐인 인생이야. 소중히 살아가렴"

간호학교 실습으로 갔던 병원에서 어떤 아저씨를 만났다.
그분의 병명은 암이었는데, 수술 후 내가 담당을 맡게 되었다.
차분한 느낌의 부인은 매일 아저씨 곁을 지켜주었다.

아저씨는 재활을 겸해 휠체어를 타고 산책을 할 때
이런 말씀을 해주셨다.

"난 오랫동안 일밖에 모르고 살아왔어.
집사람에게도 잘해주지 못하고.
하지만 이렇게 아파서 죽음을 앞에 두고 보니 처음으로,
당연하다고 여겼던 것들이 얼마나 고마운 것이었는지
마음 깊이 느끼고 있어.
그래서 한편으론 이렇게 병에 걸린 것에 감사하는 마음도 들어.
난 이렇게 병에 걸린 다음에야 이런 마음이 들었지만,
너는 아직 젊잖아. 인생은 끝이 있는 법이야.
그 삶을 소중히 하며 살아가렴. 당연한 것에 감사하며."

흔한 이야기일지 모르지만,
아저씨의 말씀은 나에게 너무도 설득력 있게 다가왔다.

인생은 단 한 번뿐.
그렇다면 하고 싶은 것을 못하고 죽는 것보다
해보고 죽는 것이 낫겠지?
어떻게 굴러가도 인생은 단 한 번으로 끝나버리니까.
누구나 최후의 시간을 맞는다면 나는 최후의 순간,
최고의 인생이었다고 자신 있게 말할 수 있는 인생을 만들어보는 거야!'

그때부터 세계 일주는 나의 꿈이 되었다.

세계 각국의 행복도 순위

간호학교를 졸업하고 1년째.
언젠가 하게 될 세계 일주를 꿈꾸며 일하고 있던 어느 날,
TV 프로그램에서 특집방송을 했다.

"세계 각국의 행복도 랭킹! 각 나라의 순위는 어떨까?"

그때 선진국보다 개발도상국이 오히려 상위에 랭킹 된 것을 보고
나는 충격을 받았다.

가난해도 행복한 사람들

행복이란 무엇일까?
생각하면 생각할수록 오히려 알 수 없었다.
물질적으로 풍요로운 나라에서도
행복을 실감하지 못하는 사람이 있다.
'그런데 가난해도 행복하다니, 대체 무슨 소리지?'
그 이유가 알고 싶어서 나는 세계 일주 여행을 떠나게 되었다.

행복이란 무엇일까?
그 답은 전기도, 가스도, 수도도 없는
마을에 살고 있던 사람들이 알려주었다.

나는 캄보디아의 어느 마을에서 학교를 짓는 봉사활동을 했다.
밤에는 전기가 들어오지 않아서
빛이라고는 촛불을 밝히거나 달빛뿐이었다.
물은 우물이나 강가에서 길어왔다.
아이들이 매일 첨벙대며 노는 갈색의 큰 물웅덩이,
들어가면 뎅기열에 걸릴 확률이 높아 보였다.
물론 가스는 생각할 수도 없으니 불은 나뭇가지로 피워야 했다.
식료 조달도 너무나 원시적이었다.

한번은 굉장한 스콜이 퍼부어
여행자들이 모두 무서워하며 쏜살같이 피하기도 했다.
그런데 현지인들은 우리 상식으로는
있을 수 없는 일로 소란이었다.
무슨 일인가 했더니, 나무 위에 있는 족제비를 발견한 것이었다.
목수들은 일도 제쳐두고 족제비를 위협하기 시작했다.
'손수 만든 새총으로 조준, 발사!'

내 나라에서는 생각조차 할 수도 없는 일들이 참 많았다.

학교가 거의 완성된 어느 날,
그 마을에 머물며 바비큐 파티를 하기로 했다.
모두가 "쫄 무이!(건배!)"를 외치려던 차에
또다시 쏟아붓는 스콜.
스콜로부터 캠프파이어 불을 사수하기 위해
마을 사람도, 여행자들도 모두 하나가 되었다.

여행을 떠나기 전까지 나는 이렇게 생각하고 있었다.
'만일 개발도상국에 사는 사람들이 선진국에 간다면
아마도 그 편리함에 감동받아
자신의 나라로 돌아가고 싶어 하지 않겠지?'

"선진국에 살고 싶어?" 대답은 "NO"

그것은 터무니없는 나의 착각이었다.
선진국에 가본 적 있는 현지인들에게 나는 꼭 물어봤다.
"그곳에 계속 살고 싶단 생각 안 들었어?"
돌아온 대답은 모두 "NO"였다.
"선진국도 좋지만, 살고 싶단 생각은 안 들어.
나는 내가 태어나고 자란 내 나라가 좋아서 돌아가고 싶던데."

그 후 라오스라는 나라에 갔다.
논과 하늘, 초록과 푸르름뿐인 시골 마을에서
한 남자아이가 이런 말을 했다.
"라오스는 모든 게 편리해요."

처음에는 '내가 잘못 들었나?
혹시 불편을 편리로 잘못 말한 것 아닐까?'라고 생각했다.
하지만 아니었다.
라오스는 농업국으로 먹는 것을 자급자족할 수 있는
풍요로운 자연이 있었다.
그런 의미에서의 편리를 말한 것이었다.
일반적으로 보기에 선진국이 훨씬 발달해 있어
편리한 것은 명백한 사실이다.
하지만 그런 의미의 편리는 그들에게 중요하지 않은 것이었다.

가난해도 스스로 행복하다고 느끼면 풍족한 것이다.

가난해도 모두 자신의 나라를 좋아하고,

그 나라에 자긍심을 가지고 있었다.

파리가 들끓던 어느 할아버지의 사체

동남아시아를 빠져나와 다음으로 향한 나라는 인도.

첫째 날, 인도 최대의 상업도시 뭄바이에서 내가 맨 처음 본 것은

움직임 없이 축 늘어진 채 파리가 들끓는 할아버지의 사체였다.

쭈글쭈글한 손발은 너무 앙상하고, 눈은 뜬 채였다.

'사후 얼마나 지난 것일까?'

사체에는 파리가 떼를 지어 있고,

부패가 많이 진행된 복부 쪽은 횅하니 구멍이 뚫려 있었다.

그 사체가 전혀 신경 쓰이지 않는 듯,

바로 옆에서 조금은 부유해 보이는 사람이

구두닦이에게 구두 광을 내고 있었다.

너무 충격적이었다.

"천국으로 가길 빕니다."

할아버지가 어떤 인생을 살았는지는 모르겠지만,

나는 두 손을 모아 그렇게 빌어주는 것밖에 할 수 없었다.

이 할아버지도 지금은 혼자이지만,

분명 누군가의 특별한 할아버지였을 것이다.

하지만 이렇게 누구도 신경 쓰지 않는다.

'인도에서는 이게 일반적인 건가?'

이해할 수 없는 광경에 나는 혼란스러웠다.

삶과 죽음, 별개가 아니다

인도의 세례를 접한 후 여러 마을을 돌고 돌아 바라나시에 도착했다.
성스러운 갠지스강이 흐르는 마을.
죽은 시체는 가족들 앞에서 태워졌고,
시체를 화장하고 남은 재는 강가에 흘려보냈다.
아이가 죽은 경우에는 그대로 강에 띄웠다.
그 강가에서 사람들은 이를 닦고, 몸을 씻고, 세탁을 했다.

이 마을에는 인간의 많은 영혼이 모여 있는 느낌이 들었다.
살아 있다는 것, 죽는다는 것,
어느 것도 대담했다.
삶과 죽음이 별개의 것이 아닌 듯했다.

하지만 인도의 자살률은 세계에서 40위 아래.
이렇게 죽음을 가까이에서 느끼면서도
스스로 죽음을 택하는 사람은 거의 없다.

사람은 언젠가 반드시 죽는다.
하지만 그때까지는 저마다의 인생을 살아간다.
언젠가는 죽기에 지금 하고자 하는 것을 하며
살아가야겠다는 생각이 든다.

윤회전생, 인도에서는 환생을 믿는다고 한다.
하지만 후생에 아무리 부자로 태어나거나 가난하게 태어난다고 한들
현재의 인생은 바뀌지 않는다.
지금 이 순간을 열심히 살아가며
내세에 맡기는 수밖에 없는 것이다.

"Are you happy today?"

내가 머물던 숙소에
매일매일 굉장히 열심히 바닥을 청소하는 직원이 있었다.
그의 월급은 하루에 약 천 원이었다.
숙소 주인의 아들은 아무것도 하지 않아도 용돈이 2천 원인데.

그럼에도 그는 매일 웃는 얼굴로 내게 이렇게 말했다.
"Are you happy today?(오늘 행복하니?)**"**
그런 후 "난 오늘도 행복한 하루였어"라고 말했다.

카스트제도 속에서 아무리 열심히 일해도
그가 청소 이외에 할 수 있는 일은 없었다.

자신이 어느 카스트일지는 태어나는 순간 정해져버린다.

태어나는 순간에 인생이 결정된다.

아무리 열심히 바닥을 닦는다 한들,

언젠가 책상 위를 닦는 사람이 될 수는 없다.

그런 사람이 있다는 것을 이제껏 나는 생각해본 적조차 없었다.

세상에는 노력해도 안 되는 일이 있다

나름대로 노력을 하면 누구든지 어느 정도의 월급을 받고,

더 성공하기 위한 향상심을 갖고 더더욱 노력하면

그저 꿈이라고 생각했던 것을 현실로 이룰 수 있다.

부자가 되는 것도, 사장이 되는 것도, 다른 그 어떤 것도.

필사적으로 노력하면 언젠가 반드시 그 나름의 결실을 맺게 되어 있다.

이것이 당연하다고 생각했다.

하지만 세상에는 아무리 노력해도

결실은커녕 평가조차 받을 수 없는 사람이 많이 있었다.

집으로 돌아가고 싶어졌다

중국에서는
어느 곳을 가도 머무를 수 있는 숙소를 찾지 못해
결국 울먹이며 역 바닥에서 자야 했다.

돈만 지불하면 어디든 묵을 수 있는 우리나라로
당장이라도 돌아가고 싶었다.

베트남에서는
같은 간판의 가게들이 100개 이상씩 있었다.

진짜는 하나뿐이기에,
일단 의심을 하며 살 수밖에 없는 것에 점점 지쳐갔다.

눈앞에 있는 것을 의심 없이 맘 놓고 살 수 있는 우리나라가 그리웠다.

이스라엘에서 만난 한 소년은 이렇게 말했다.
"장래를 생각하면 이 나라에서 오래 살고 싶지는 않아.
언제 전쟁이 터져 죽을지 알 수 없으니까."

어느 마을에서는 아직 초등학생도 안 된 남자아이가
갓난아이를 업고 내 얼굴을 쳐다보았다.
무언가를 말하려는 것도 아니고, 구걸을 하려는 것도 아닌 채
그저 물끄러미 바라보기만 했다.

'내게 무얼 말하고 싶었던 걸까?'
그 순간 무엇도 해줄 수 없는 나 자신이 너무도 한심하고
무기력하게 느껴졌다.
지금까지도 나는 그 아이의 눈을 잊을 수가 없다.

2011년 3월 11일, 뉴욕에서

일본인에게는 잊을 수 없는 하루가 있다.
2011년 3월 11일.

그날 나는 뉴욕에 있었다.
신문들은 온통 일본의 동북지방에서 일어난
지진에 관한 기사로 가득했다.
나는 일본인인데, 일본에 있지 않았다.
그것이 너무나도 불편했다.

'일본을 떠나 있는 내가 지금 할 수 있는 것은 무얼까?'

모금, 그것밖에 머릿속에 떠오르지 않았다.

손수 만든 모금함과 신문 일면을 장식했던 지진 기사만을 들고

뉴욕 타임즈 스퀘어로 향했다.

그리고 모금함을 들고 계속 외쳤다.

"일본을 위해 기도합시다!"

"Please help Japan!(제발 일본을 도와주세요!)"
이렇게 간단한 영어밖에 할 수 없는 나 자신에게 화가 났다.

잠시 후 "Your family ok?(너의 가족은 괜찮니?)"라고 말하며
가까이에서 전단지를 돌리고 있던 할아버지가 1달러를 넣어주었다.
옆에서 CD를 팔고 있던 흑인 남성도
"Pray for Japan(일본을 위해 기도합니다)"라며 1달러와 CD를 주었다.

온갖 인종이 모인 이곳에서 위로의 말을 건네주며
1달러, 5달러, 20달러……,
상상 이상으로 많은 사람들이
모금에 동참해주고 걱정해주었다.
그들의 따뜻한 마음에 나도 모르게 눈물이 흘렀다.

전혀 모르는 사람,
게다가 같은 나라 사람도 아닌 나에게 모금을 해주다니.

그게 그렇게 간단한 일이 아닌데
많은 사람들이 모금을 해주는 모습에 나는 감동을 받았다.

나의 미래는 내가 만들어가는 것

아저씨의 말을 떠올려본다.

"인생에는 끝이 있어.
소중하게 살아가렴. 당연한 것들에 감사하며!"

지금의 내 환경에 감사하고,
주위 사람들에게도 감사하며,
많은 사람들에게 행복을 전해주고 싶다.

'그것이 지금 내가 하고 싶은 거예요, 아저씨.'
행복은 전염되는 거니까.

행복이 내게서 네게로, 너에게서 네 친구에게로,
네 친구에게서 세계 곳곳으로 전해지기를 바란다.

귀국 후 간호사로 일하고 있는 나는

앞으로 내 인생을 통해

많은 사람들에게 행복과 미소를 전파하고 싶다.

사회의 물결에 휩쓸려 나 자신을 잃어버릴 것 같은 때에는

세계 일주 여행을 떠올리며 잊었던 마음을 다시 상기시키면서.

과거의 내가 있기에 지금의 내가 있다.

지금의 내가 어떻게 하느냐에 따라

미래는 여러 가지 형태로 만들어질 수 있다.

그것을 집대성한 것이 인생이다.

세계 일주 여행 루트

<in> 한국→미국→캐나다→독일→
체코→헝가리→오스트리아→스위스
→이탈리아→바티칸시국→스페인→
모로코→프랑스→싱가포르→말레이
시아 <out>

인생의 원점으로 돌아와 새롭게 시작한 여행

우주를 향한 꿈이
세계 일주라는 꿈으로
바뀌다

가쿠타 나오키 (당시 만 24세)/ 엔지니어
180일간 / 15개국

Change?

우주를 향한 꿈을 접은
엔지니어

?

내 꿈은 우주에 가는 것!

현재 내 나이는 서른아홉.
지구를 일주했던 것은 15년 전 일이다.

당시 나는 항공우주 관련 연구소(현재의 일본 우주항공연구개발기구)
에서 연구원으로 근무하고 있었다.
북쪽 대지에서 태어나,
어릴 때부터 나는 북해도의 대자연 속에서
무한히 펼쳐지는 별들을 올려다보는 것을 좋아했었다.
어릴 적 내 꿈은 우주비행사.
하지만 언제부터인가
'우주로 가는 로켓을 만들고 싶다'는 꿈으로 바뀌어
엔지니어라는 직업을 택했다.

엔지니어는 내 꿈이었던 직업이다.

하지만 그 일은 '과학기술을 결집한 최첨단 로켓 개발'이라고 하는
화려한 이미지와는 전혀 달랐다.
컴퓨터 앞에 앉아 조그만 크기의 영어와 숫자를 프로그래밍하며,
화면으로 시뮬레이션 하는 일의 반복이었다.

내가 꿈꿔왔던 일과는 너무도 달랐다.
우주를 향한 꿈을 좇던 빛이 나는 내 모습은 그곳에 없었다.

5년, 10년 계속해온 프로젝트가
단 한 번의 로켓 발사 실패로 수포로 돌아갔을 때
낙담하는 선배들을 보며 이런 생각이 들었다.

'지금 하고 있는 일은 나 자신을 행복하게 만들어줄까?'

우주를 향한 꿈이 세계 일주라는 꿈으로

당시는 인터넷이 막 보급되기 시작할 무렵이었다.
연구원의 길을 계속 걸어가야 할지 모색하던 중
'세계 일주 항공권'이라는 일곱 글자가 눈에 들어왔다.

그 단어에 숨겨진 가능성이나 커다란 스케일에 마음이 설렜다.
우주를 향한 꿈이 세계 일주라는 꿈으로 바뀌는 순간이었다.

연구원으로서의 지위나 수입에 대한 후회, 아쉬움 따위는 없었다.
내가 세계 일주를 가는 것 자체가,
마치 우주라는 무한한 가능성의 한가운데를 뚫고 나가는
우주선의 선장이 된 듯한 느낌이었다.

당시 단돈 100만 원이었던 항공권.
'될지 안 될지는 해봐야 알 수 있다. 그래서 인생은 재미있다.'

"오빠, 무사히 잘 다녀와야 해"

혼자 살던 집을 정리하고 가족들에게 인사를 했다.
넉넉하지 않은 가정 형편 속에서
비싼 이과 대학의 학비며, 생활비가 큰 부담이 되었을 텐데
엔지니어가 되겠다는 아들의 꿈을 응원해준 부모님에게
정말 죄송한 마음이 컸다.

"오빠, 무사히 잘 다녀와야 해."
여동생의 그 한마디를 듣는 순간,
새로운 세계에 대한 설레는 마음과
미지의 세계에 집어삼켜질 것 같은 불안이 뒤섞여
그 마음을 감추기 위해 몇 번이고 짐을 다시 쌌다.

여행을 떠나는 날은 벚꽃이 지는 봄의 끝자락이었다.

비행기를 타고 불과 1시간 30분 만에 김포공항에 도착했다.
먼저 지하철을 타고 서울로 향했다.
지상으로 나오자, 헉 소리가 날 만큼 더운 공기와 눈부신 태양.
도로에는 한국산 자동차가 넘쳐나고, 경적이 수시로 울려댔다.
노점이 이어지는 시장 같은 거리에서는
김치와 참기름 섞인 고소한 냄새가 식욕을 자극했다.

'이 나라에서 세계 일주가 시작되는구나!'
그렇게 생각하자 가슴이 두근거렸다.

북미의 대자연, 로키산맥

서울에서 일주일을 즐긴 후,
태평양을 횡단해 곧바로 북미 대륙에 도착했다.

세계 일주의 매력 중 하나는
두 개의 큰 바다를 넘어가는 대륙 횡단을 계속하는 것.
전혀 다른 대륙에서 대륙으로, 나라에서 나라로 이동할 때마다
얼마나 새로운 세계가 기다리고 있을지
심장이 떨릴 만큼 두근거렸다.

캐나다 밴쿠버에서 출발하는 버스에 몸을 맡겨 이동하기를 12시간.
드디어 도착한 곳은 대자연, 로키산맥.

재스퍼라고 하는 국립공원의 기슭에 있는 역에서 내린 나는
교통비를 절약하기 위해 한 시간 반 정도를 걸어 숙소로 향했다.
신록의 향기가 물씬 풍겼다.

콧노래를 부르며 빛이 쫙 내리쬐는 숲길을 걷던 중
큰 뿔을 가진 엘크라고 하는 말코손바다사슴이 지나가기도 하고,
그리즐리라고 하는 알래스카불곰도 만나 가슴을 쓸어내려야 했다.

환상적인 '천사 빙하'

숙소에 도착해서는 앞으로 렌터카를 빌려 관광할 계획인
일본 여자와 콜롬비아 남자를 만나
함께 이동하기로 했다.
우연한 만남 속에서 그때그때 일정을 정해 움직이는 것도
자유여행에서 만끽할 수 있는 즐거움이다.

몇 개의 계곡과 아름다운 호수를 본 다음,
이디스카벨산에 있는 300미터 높이의 단애 절벽으로 향했다.
그곳에서는 마치 천사가 순백의 날개를 펼친 듯한 환상적인 빙하가
눈앞에 그려졌다.

천사 빙하는 북미 최대 빙원이기도 한 콜롬비아 대빙원의 일부로,
그 규모에 압도되어 나도 모르게 탄성이 새어나왔다.

인사가 "헬로우"에서 "봉주르"로 바뀌다

캐나다로 말하자면 로키산맥이 특히 볼 만하지만,
광대한 국토에, 동서로 크게 다른 문화권을 가지고 있는 것 또한
주목할 만하다.

그중에서도 큰 변화를 느낀 것은
캐나다 최대의 도시 토론토에서 서쪽 몬트리올로 이동하면서였다.
그것은 영어권에서 프랑스어권으로의 이동이기도 했다.

거리 하나를 사이에 두고
인사말이 "헬로우"에서 "봉주르"로,
"땡큐"에서 "메르시"로 바뀌었다.

정말 재미있었다. 간판도 프랑스어로 되어 있고,
길거리도 온통 유럽풍의 석단이나 석조 집들이고,
세련된 카페가 늘어서 있고,
에스프레소의 진한 향기가 감돌았다.

결국 밴쿠버, 재스퍼, 밴프, 토론토, 몬트리올로
동서 약 5,000킬로미터의 거리를 버스로 횡단했다.
그렇게 한 나라에서 2개월 가까이 머물렀다.

사전에 계획했던 것보다 한 달이나 더 지체한 것이었다.

옛날이야기에나 나올 법한 거리

북미 대륙에서 비행기로 일곱 시간 동안 대서양을 횡단해
마침내 유럽 대륙에 발을 들여놓았다.
신이 창조한 대자연 위에 중세 사람이 만들어놓은,
옛날이야기에나 나올 법한 거리였다.

동유럽의 체코, 수도는 프라하.
이글대는 태양이 한창 내리쬐는 시간에
숨을 헉헉거리며 높은 지대에 위치한 프라하 성에 올랐다.

벽돌을 지붕 전면에 쌓아 만든 붉은 지붕들이 펼쳐진 거리,
그 사이에 뾰족 솟은 첨탑,
중세 9세기부터 유럽에서 가장 오래된 것으로 여겨지는
아름다운 도시의 모습에 나는 마음을 빼앗겼다.

마을을 걷다 보면 돌담이 만들어낸 운치 있는 길에,
중후한 건축물들이 가득한,
그야말로 천년의 역사를 자랑하는 거리였다.
그리고 나는 체코에서 지금의 내 아내를 만났다.
이것은 내 인생을 바꿔준 최고의 만남이었다.

사람을 귀찮아하는 모로코 사람들

스페인을 향해 가서,
거기에서 페리로 3시간 동안 지브롤터 해협을 지나
드디어 아프리카 대륙, 모로코에 도착했다.

모로코로 말하자면 온통 사막 천지인 사하라 사막이 유명하지만,
또 하나 잊어서는 안 될 것이 바로 옛 도읍 마라케시다.

11월, 가을의 끝 무렵이었지만,
버스에서 내린 순간 뜨거운 바람과 모래가 얼굴을 뒤덮었다.
구 시가지는 높은 성벽에 둘러싸여 있고,
'붉은 마을'을 의미하는 마라케시답게
적토색 건물이 거리에 늘어서 있으며,
마차가 바로 앞에서 지나갔다.
방석을 깔고 알라에게 기도드리는 사람 옆에서
걸인은 은혜를 베풀어주길 바라고 있었다.

길을 걷고 있으면 남자들이 생글거리며
"안녕하세요", "안녕히 가세요"라고 말을 걸어왔다.
그들은 자칭 가이드라며 자신을 소개했지만,
사실 그중 절반이 돈을 노리는 사람들이었다.
'그래서 모로코 사람들은 사람을 귀찮아한다는
소문이 났구나' 하고 납득이 갔다.

이국적인 매력에 끌리다

해가 저물고 주위가 어스레해질 무렵이 되자,
아랍 특유의 열기 속에 활기 넘치는 소리가 들려오면서
광장은 순식간에 수천 개 정도의 포장마차로 가득 찼다.

뭉게뭉게 연기가 피어오르며 여기저기서 꼬치구이, 삶은 달팽이,
산더미처럼 쌓아놓은 오렌지 주스 등이 즐비한,
실로 포장마차의 카오스 상태였다.
'일 년에 한 번 있는 축제라도 하는 건가?' 하는 착각이 들 정도로
매일 밤부터 새벽까지 이런 분위기가 이어진다고 생각하니
그 에너지와 떠들썩함에 압도당했다.

몇 백 년 전으로 타임슬립을 한 것처럼
신비로움과 떠들썩함으로 가득한 거리.
'그 이국적인 매력에 여행자들은 몇 번이고 발걸음을 옮기는 것이겠지.'

세계 일주 여행,
내 인생의 터닝 포인트가 되다

대자연, 몇 백 년에 걸쳐 만들어진 역사적인 거리,
가는 곳마다 그곳에서 살아가는 사람들의 숨결이 느껴졌다.
그것을 감각이 마비되어버릴 만큼 계속해서 느끼는 것이
세계 일주다.

15년 전의 여행,
아무래도 기억 속에 남아 있던 많은 사건들이 희미해지고 있지만,
그때 느꼈던 열망은
지금도 내 가슴속에서 뜨겁고 타오르고 있다.

귀국 후 나는 바로
세계 일주 여행기를 담은 세계 일주 항공권 홈페이지를 만들었다.
세계 일주 전문 여행사를 설립하고서
13년간, 연간 3,500명의 세계 일주 여행을 도울 수 있게 되었다.

내가 여행사를 시작한 이유는,
많은 젊은이들이 내가 경험한 멋진 세계를
실제로 봤으면 하는 마음이 컸기 때문이다.

그때 당시는 '세계 일주'를 쉽게 떠날 수 있는 시대가 아니었다.
세계 정부나 저가항공사도 없었고, 스마트폰이나 페이스북은 물론,
이메일조차 일반적이지 않을 때였다.

그런 시기에 고생해가며 세계 일주를 한 나는
내 인생에서 확실히 나아갈 방향을 찾고,
가슴 설레게 하는 꿈도 찾게 되었다.
그렇다면 이번에는 나 말고 다른 사람에게도
인생을 바꿀 수 있는 계기를 만들어주고 싶다는 생각이 들었다.
세계 일주라는 꿈을 이룰 수 있도록 돕는 일,
그것이 나의 천직이라고 생각했다.

세계 일주를 하면 인생이 어떻게 달라질까?

내가 항공우주 연구원이라는 안정적인 직장과 수입을 버리고
세계로 나간 것은 15년 전.
젊은 사람들 중에는 이렇게 생각하는 사람도 있을 것이다.
'세계 일주를 하고 나면 어떻게 되는데? 그 후의 인생은 괜찮을까?'

그런 사람에게 나는 더 큰 소리로 말하고 싶다.

"인생이란 얼마든지 다시 고쳐나갈 수 있는 거야."

새로운 꿈에 도전하는 것에 시간제한이란 있을 수 없다.
나의 180일간의 세계 일주,
그때, 그 순간, 그 장소에 가지 않았더라면
지금의 내 인생은 어땠을지 상상할 수도 없다.
15년이 지난 지금도 나는 그렇게 생각한다.

꿈이 바뀌면 인생도 바뀐다

다만 세계 일주는 어디까지나 목적도, 목표도 아닌,
하나의 수단이며, 계기가 될 뿐이다.
꿈이 바뀌면 인생도 바뀐다.
그 변화의 계기가 되어주는 것이 여행이다.

여행은 만남과 헤어짐의 연속이다.
여행은 전혀 알지 못하는 세계로 뛰어들 때의 불안을 극복하는 것이다.
여행은 살아가는 즐거움을 알게 되는 것이다.
여행은 무모한 가치관이나 자존심을 떨쳐버리는 것이다.
그리고 자신의 본질이나 꿈을 재정의 하는 시간이다.

일분일초도 소중하게 살아가는 자세는
지금도 내 인생의 소중한 교훈이 되고 있다.

세계에서 본 것들, 느낀 것들을
앞으로 자신의 미래에 어떻게 적용해가는지가 중요하다.

39세의 나를
변함없이 나아갈 수 있게 하는 힘

마지막으로, 앞으로의 나의 꿈은
과거에 접었던 '우주'에 대한 꿈을 다시 한 번 펼치는 것이다.
우주여행은 현재 약 2억 5,000만 원,
그것을 10분의 1인 2,000만 원대로 해서
누구라도 갈 수 있는 여행으로 보급시키는 것이 나의 다음 꿈이다.
서른아홉 살의 나에게,
스물네 살에 세계 일주를 했던 날들은
지금도 이렇게 원점으로 돌아가
꿈을 향해 나아갈 수 있게 하는 힘이 된다.

MEET
THE
WORLD
MOMENT!

Don't Miss it!

절경은 TV나 사진 속에서도

얼마든지 볼 수 있지만 ,

세계에는 직접 자신의 발로 걷지 않으면

만날 수 없는 순간들이 정말 많다 .

hurry up!!

브라질
아마존의 대자연을 횡단하는 광산 열차.
순간순간 바뀌는 바깥의 경치는
어른, 아이 할 것 없이 모험심을 갖게 한다.

볼리비아
우유니 소금호수. 눈 깜박일 새도 없이 시시각각 변하는 하늘.
끝없이 펼쳐지는 푸른 하늘 위에 둘만의 세상을 만들 수 있는 곳은
아마도 지구상에 이곳뿐이지 않을까?

미국
뉴욕 타임즈 스퀘어 앞에서 카운트다운.
세계 최대의 새해맞이.
그저 한순간의 이벤트라 할지라도 꼭 한 번
경험해봐야 할 감동이다.

인도
성스러운 강, 갠지스를 건너는 다리.
원숭이와 보내는 한때.
아마 사람들에게뿐 아니라 원숭이들에게도 명소인 듯하다.

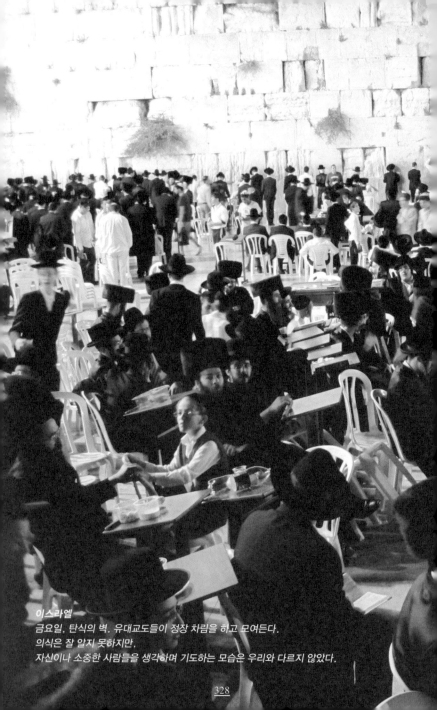

이스라엘
금요일, 탄식의 벽. 유대교도들이 정장 차림을 하고 모여든다.
의식은 잘 알지 못하지만,
자신이나 소중한 사람들을 생각하며 기도하는 모습은 우리와 다르지 않았다.

아르헨티나
세계 유산인 이구아수 폭포.
철철 소리를 내며 흐르는 폭포 옆의
평화로운 무지개가 나를 맞아주었다.
감동이 밀려오며 내가 살고 있는 곳에서
멀고도 먼 이곳까지 오길
잘했다는 생각이 들었다 .

마다가스카르
《어린 왕자》의 무대이기도 한 해 질 녘 무른다바의 바오밥 나무.
이 환상적인 모습은 여행자들을 더욱 비현실적인 세계로 빠져들게 한다.

멕시코
과나후아토 . 낮에는 화려한 도시.
해가 지면 여기저기서 오렌지 빛이 끝없이 이어지는 세계 유산 마을.

네덜란드
수도 암스테르담.
이 도시의 중심인 담 광장은 아이들의 순수함과
거리 예술가들의 혼이 교차하는 곳이다.

세계 일주자
50인의
이야기보따리

on one's journey!

세상에 이런 일도 있다니!

(모로코) 분명 관광버스인데 야채나 택배 물건은 물론 양, 돼지, 닭 등 살아 있는 동물들도 사람들과 함께 탔다. / **(중국)** 중국도 여름 휴가철이긴 했지만, 어딜 가든 사람들이 넘쳐나 숙소를 잡으려고 하면 "현지인 우선"이라며 거절당했다. 결국 지하철역 바닥에서 잘 수밖에 없었다. 아침에 청소하는 아주머니가 빗자루로 몸을 툭툭 쳐 일어나던 그 순간에 힘들고 서러운 기분을 넘어 웃음이 났다. / **(네팔)** 야생 호랑이를 보러 갔을 때의 일. 가이드가 일을 너무 대충대충 하기에 참다 못해 화를 냈더니 오히려 큰소리치던 그. "너 같은 손님은 처음이야", "아니, 뭐라고? 내가 할 소리를! 나야말로 너 같은 가이드는 처음이야"라고 말하자 "내가 나쁜 게 아니라 신이 나쁜 거야"라고 말하던 그. 종교란 참 대단해. / **(인도)** 갠지스강에서 있었던 일. "보통 사람은 한 번만 들어가도 병에 걸리던데 이렇게 매일 들어가다니, 대단한 거 같아!"라고 어느 인도 사람에게 말했더니 돌아온 말, "우리라고 안 아프겠니? 매일 설사해!" 엥? 인도 사람들도 설사를 하는구나. 그럼 왜 또 들어가는 건데? 어째서일까? / **(태국)** 태국 사람이 태국말로 말을 걸어오기에 "나 일본 사람이야"라고 하자 굉장히 놀라던 것 / **(파나마)** 산 브라스제도에서 있었던 일. 섬 아이들의 놀이는 물구나무서서 씨름하기. 섬의 모든 아이들이 하루 온종일 물구나무서서 씨름을 하고 있었다. 어린아이들은 계속 물구나무서기 연습을 하고 있었다. / **(중국)** 중국 군인들이 반듯하게 열을 지어 달리고 있는 중에 나 혼자만 토산품 봉투를 손에 들고 있었던 것 / **(모로코)** 사막으로 가는 투어가 한창 진행 중이었는데 갑자기 가이드가 그곳에 안 가겠다고 해 왜 그런지 이유를 묻자, "어제 아내와 싸

워서 기분이 별로니까 그냥 돌아가고 싶어"라고 있을 수 없는 대답을 했던 일 / **(볼리비아)** 한 아주머니가 버스에서 내리더니 흙이 있는 곳에 쭈그리고 앉아 볼일을 보고, 볼일이 끝나자마자 그대로 일어나 자리를 떴다. 팬티는 안 입는구나, 그럼……. / **(그리스)** 배를 타고 여행하며 다음 섬으로 가기 위해 여행대리점에서 구입한 티켓에 'G class'라고 쓰여 있었다. 배에 타서 티켓을 보여주자 선원이 하는 말. "G class는 Ground의 G이니까 그 주변의 공간에서 적당히 주무세요." / **(탄자니아)** 지갑을 소매치기당했다. 현지인이 범인을 잡아주어서 다행히 지갑은 돌려받았지만, 범인을 용서할 수 없어서 경찰서로 향했다. 하지만 현지 경찰들은 이렇게 말했다. "돈도 찾았으니 된 거 아니야?" "아니요, 용서할 수 없어요. 경찰은 뭐 하는 거예요?"라고 묻자 "T.I.A"라고 했다. "그건 뭐야?" "This is Africa"라나 뭐라나. / **(이탈리아)** 인적이 뜸한 도로에서 한 아저씨가 서서 글쎄, 글쎄, 쓰레기통에! 쓰레기통에 용변을 보는 사람은 처음 봤다! **(인도)** 많은 사람들이 "후지와라 씨!"라고 불러서 "어떻게 내 이름을 알지?" 하며 놀랐는데, 이전에 이곳 델리에 후지와라 노리코 씨가 온 덕분이었다. / **(터키)** 지나가던 터키 사람이 내가 일본 사람인 것을 알고, 동요 <이토마키(실감개)>를 부르기 시작했다. 그런데 어째서 그 노래였을까?/ **(스페인)** 아저씨 둘과 엘리베이터에 함께 탔을 때 장발에 꼬불꼬불 파마를 한 나를 보고 아저씨 A, "이 녀석 진짜 독특한 머리를 하고 있는데?" 아저씨 B, "코미디언인 것 같지?" '저, 스페인어 할 줄 압니다. 그 말 다 알아들었습니다, 아저씨.' / **(코스타리카)** 치안이 나쁘다고 들어왔던 어느 마을에 도착해 숙소를 찾으러 여기저기 걸어 다니는데, 현지인 남녀노소 할 것 없이 모두가 내 앞길을 열어주는 것이었다. 숙소 직원에게 그 이해할 수 없던 상황을 전하자, "네가 완전히 위험한 인물로 보인 거네"라고 했다. 새까맣게 그을린 피부, 여행하며 자르지 못해 길어진 머리, 깨끗한 느낌이라곤 전혀 없는 외국인. 어느새 난 그렇게 현지인이 두려워하는 존재가 되어 있었다. / **(스페인)** 현지인이 토마토 축제에서는 온몸에 토마토가 범벅이 되니까 손에 아무것도 들지 않는 게 좋다고 해 카메라도 두고 참전했는데, 위치가 별로 좋지 않아서 토마토가 전혀 날아오지도 않고, 던지기는커녕 만져볼 기회조차 없었다. / **(캄보디아)** 도로 바로 옆에서 거행되던 결혼식에 "당신도 함께할래요?"라는 권유를 받고 전혀 알지 못하는 사람의 결혼식에 참가했었다. / **(에티오피아)** 알고 지내던 늠름하고 건장한 현지인. 알고 보니 그의 정체는 버스 자리를 차지하는 사람! 항상 수요가 공급을 넘어버려 '예약'이라는 시스템이 존재하지 않는 에티오피아에서만 있을 수 있는 아날로그식 비즈니스에 충격을 받았다! 게다가 자리 하나당 값은 약

3,000원! / **(멕시코)** 택시에서 내리기 전 500페소짜리를 꺼냈는데, 한순간에 200페소짜리 지폐로 바뀌어 "너에게서 받은 지폐는 200페소짜리야"라고 했던 일. 그는 마술사였던가? / **(홍콩)** 무인도의 폐가 같은 곳을 탐험하고 있었는데, 수캐들 짖는 소리가 들려와 다가가보니 어느새 길은 개들로 막혀 바닷가에서 15마리 정도의 개들에게 둘러싸였다. 개가 내 바지 자락을 물고 있어 개를 끌면서 걸었던 그때, 정말 무서웠다! / **(독일)** 그곳에서 만났던 한 스위스인은 "넌 정말 아름다워", "머리색이 정말 멋있어" 등등, 허리에 손을 두르고 내 손에 키스까지 했다. 만난 지 두 시간밖에 지나지 않았는데 그런 식으로 꼬시려 한 스위스인, 정말 대단해.

학교에서는 절대 배울 수 없는 값진 경험

(쿠바) 정부의 위탁으로 지어진 체르노빌 원폭 피해 아이들을 돌보는 의료시설에 갔던 때, 암 환자만이 시설에 들어올 수 있는 조건임에도 불구하고 그곳 아이들의 해맑음과 밝음에 놀랐다. 행복이란 무얼까? 당연하다는 것은 무엇일까? / **(프랑스)** 파리에 갔을 때 친해진 외국인들이 이런 말을 했다. "나, 동경에 가고 싶어." "나 일본에 가본 적 있어. 특히나 동경은 대단한 거 같아. 어떻게 그렇게 많은 일본인이 있을까 싶었다니까." '일본에 일본인이 많은 게 당연한 거 아닌가?'라고 생각했지만 런던에도, 이스탄불에도, 뉴욕에도 다양한 인종이 있어 동경만큼 같은 인종이 많은 나라는 드물다는 것을 알았다. / **(방콕)** 2001년, 9·11테러 직후 방콕에서 이슬람 복장을 한 남성이 말을 걸어왔다. 그는 유창한 일본어로 무슬림의 가르침을 내게 설명했다. 사실 개인적으로도 이슬람교에 대해 편견을 가지고 있었다. 그의 이야기가 일단락되었을 때 나는 그에게 국적을 물었다. "당신은 어느 나라 사람입니까?" "저는 인간입니다." 그의 대답은 참 인상적이었다. / **(미국)** 그라운드제로, 세계무역센터가 있던 자리에서 어느 어머니가 동시다발적인 테러의 사진집을 아이들에게 보여주며 열심히 설명하고 있었다. 초등학교 3, 4학년쯤 되어 보이는 남자아이는 아마도 사건 후 태어났을 것이다. 그 광경을 본 나는, "이 아이는 어머니의 설명을 들으며 어떤 생각을 할까"라는 생각이 머릿속에 맴돌았다. / **(이스라엘)** 팔레스타인 자치구를 드나들던 때

팔레스타인 사람으로 보이는 여성은 이스라엘 군인에게 샅샅이 검문을 당했는데, 내 차례가 되자 "From Japan?"이라고 한마디하며 살짝 미소까지 지어주었고 이후 아무것도 묻지 않고 통과되었다. / **(탄자니아)** 현지인의 집에서 신세를 지게 되었다. 그 집은 흙을 발라 만든 정말 초라한 집이었다. 하지만 대자연 속 흔히 볼 수 없는 경치에 흥분해 있던 나는 "정말 좋은 곳이에요. 사진 찍어도 될까요?"라고 물었다. 그러자 "그만둬. 이렇게 보잘것없는 집을 뭐 하러 찍어. 일본에는 정말 좋은 집들이 많잖아. 어째서 이런 곳이 좋다고 하는 거야"라며 화를 냈다. 그냥 스쳐가는 관광객의 경솔한 발언이 그에게 상처를 준 것 같아 반성했다. / **(이스라엘)** 완전 미인인 여성이 군복에 배낭을 짊어지고 있는 모습을 봤을 때 / **(네팔)** 히말라야 셀파족 사람들의 생활 모습. 4,000미터가 넘는 고지대 마을에서 다른 마을로 70킬로그램이나 하는 어마어마한 짐을 운반했다. 같은 시대, 같은 시간을 살아가고 있다는 것이 믿겨지지 않았다. / **(캄보디아)** 뚜얼슬랭 대학살 박물관에 갔었다. 폴 포토 정권 시절의 형무소였다. 고문 방에는 지금까지도 혈흔이 남아 있어 "살려줘"라고 하는 소리가 들리는 것 같은 무거운 분위기가 감돌았다. / **(인도)** 어느 청년이 말을 걸어왔다. 호객 행위라고 생각하고 얼굴도 쳐다보지 않고 대하자, "왜 너는 들어보지도 않고 무조건 거부하는 거야? 내가 뭐 나쁜 행동이라도 했니?"라고 말해 당황스러웠다. 내가 싫어할 만한 그 어떤 행동도 하지 않았는데 아무 이유 없이 차갑게 대했던 것을 깨닫고 굉장히 미안해졌다. 깊이 반성한 날이었다.

이렇게까지 호의를 베풀어주다니 !

(요르단) 막 요르단에 도착했던 터라 지폐뿐이었던 나는 버스 요금을 내지 못하고 있었다. 그때 옆에 있던 어여쁜 이슬람 여성이 살짝 돈을 내어주었다. 미안한 마음에 사양했는데도 괜찮다며 건네주었다. / **(예맨)** 가끔 들르던 토산품 가게 주인과 친해지게 되어 차도 내어주고, 이런저런 이야기도 나누었다. 하지만 그때 마셨던 차들이 그가 배달시켜 대접해준 것이었다는 사실을 알고 나중에 내가 돈을 내려 하자 그가 화를 내며 이렇게 말했다. "넌 일본에서 온 나의 소중한 손님이잖아. 내가 사주는 것이 뭐가 나빠? 네가 낸다면 우린 더 이상 친구가 아니야!"그에게 혼이 나긴 했지만 정말 기뻤다. / **(시리아)** 목적지로 가는 버스가 무엇인지 몰라 헤매고 있는데, 친절히 알려준 아저씨. "나도 근처까지 가니까"라며 함께해주었다. 그리고 같이 타고 있던 다른 승객들에게도 "목적지에 도착하면 꼭 이 사람에게 알려줘요"라고 말해주었다. / **(미국)** 로스앤젤레스에서 혼자 태평양을 바라보고 있는데 플라멩코 배우가 말을 걸어왔다. "내일 다시 이곳으로 와. 마을 안내를 해줄게." 다음 날 그는 가지고 온 차로 이곳저곳을 데리고 가주었다. 그리고 저녁에는 집으로 초대해 부인의 요리도 맛보게 해주었다. / **(괌)** 어떤 형과 친해져 그의 집에 일주일간 머물렀다. 그런데 글쎄 그는 형무소에서 출소한 이후 5년간 단 하루도 쉬지 않고 일하며 쌓아두었던 휴가를 나와 지내기 위해 기꺼이 사용했던 것이었다. 헤어지던 날, 그는 방에 장식되어 있던 소중한 보물, 거대 소라고둥을 주며 이렇게 말했다. "이것을 보면서 괌에서의 추억을 기억해줘. 네가 괌을 향해 이 소라를 불면 그 소리가 내게 들릴 거야." / **(에티오피아)** 현지인에게 길을 안내받았다. 함께 탁구도 치고, 시장에 가서 맛있는 망고를 찾아주기도 하고, 강에 나가 헤엄도 치고, 직장을 견학시켜주기도 했다. 그곳을 떠나기 전날 밤, 숙소까지 찾아와 잊을 수 없는 선물로 망고를 주었다. / **(베트남)** 새 자전거를 사러 갔는데 거기서 속

이고 초등학교 5학년생이 탈 법한 자전거를 팔았다. 그 후 얼마 지나지 않아 체인이 끊어져 엄청 열 받아 하고 있는데 전혀 모르는 베트남 사람이 직접 손에 지저분한 기름때를 묻혀가며 고쳐주었다. / **(터키)** 카파도키아의 명소 우후라라 계곡에 갔을 때 신나게 즐기는 사이 나는 조난을 당해버렸다. 몇 시간을 정신없이 헤매다가 드디어 사람을 발견했는데 그곳에는 강이 있고, 맞은편으로는 갈 수가 없었다. 곤란해하는 내게 구세주가 나타났다! 글쎄 터키 남성이 건너편에서 강을 건너와 나를 어깨에 들쳐 메고 몸이 흠뻑 젖어가며 건너편 강까지 무사히 건너준 것이었다. 단, 그가 게이였다는 사실을 나중에 알았다. / **(에티오피아)** 커피의 발상지, 에티오피아는 마을이 온통 카페 천지였다! 그때 친해진 사람에게 '커피 세리머니'라고 하는, 다도와 비슷하게 손님을 정성스레 대접하는 의식에 초대받았다! / **(이스라엘)** 인터넷 카페에서 요금을 지불하려 하자 주인 아저씨가 "너희는 저 먼 일본에서 왔다면서. 일본에서 팔레스타인을 그다지 좋게 생각하고 있지 않다는 것은 알아. 하지만 여기에 살고 있는 대부분의 사람들은 그저 평화롭게 살아가고 싶을 뿐이야. 혹시 가능하다면 너희가 본 팔레스타인을 일본에 알려주면 좋겠어. 이곳 팔레스타인에 와줘서 고마워"라고 말하며 돈을 받지 않았다. / **(호주)** 히치하이킹하던 때의 이야기. 해가 저물어 고속도로에서 어찌 해야 할지 모르고 있을 때 독일인이 차를 태워주었다. 그는 영어도 전혀 할 줄 몰랐기 때문에 의사소통은 거의 불가능했지만, 도중에 먹을 것도 나눠주고 집으로 초대해 맥주를 대접해주기도 했다. 떠나던 때의 그의 미소는 지금도 잊을 수 없다. / **(베트남)** 현지 투어에 혼자서 참가했었는데, 가이드 견습생으로 따라왔던 여자아이가 계속 함께해주었다. 둘 다 능통하지 않은 영어 실력이었지만 어느새 친해지게 되어 싱글이었던 호텔 방도 그 친구와 함께 쓰고, 야시장도 안내해줘 즐거운 시간을 보냈다. 서로 "잘자"라며 인사도 건네고. 정말 기대하지 않았던 행복을 경험한 시간이었다. / **(칠레)** 이스타섬에서 2주일간 함께 생활했던 가족과 헤어질 때 조개껍질로 손수 만든 액세서리를 주며, "너는 형제야, 그리고 가족이고, 또 언제든 돌아와"라고 말해주었다. / **(브라질)** "옛날, 일본인이 친절하게 해준 것에 대한 보답이야." 그렇게 말하며 공항까지 데려다주기도 하고,

주스를 사주기도 하는 일본계 브라질 사람이 있었다. / **(페루)** 멕시코 부자를 만나 친해지게 되었다. "멕시코에 올 때 꼭 연락해!"라고 해서 다시 멕시코에서 재회를 했다. 그들은 집에도 머물게 해주고, 여기저기 다양한 곳도 데리고 가주었다. 그리고 떠나던 날, "또 언제든 와. 이곳은 네 집이니까. 언제든 기다릴게"라고 말해주었을 때 정말 기뻤다. / **(요르단)** 사해에서 한 달에 한 번 머드팩을 하러 오는 아랍 아저씨를 만났을 때의 일. "어디서 왔어? 아, 일본에서 왔구나! 이 진흙 경단 가지고 가!" 그렇게 말하며 진흙 경단을 주던, 전신에 진흙팩을 하고 있던 아저씨. "수영복 없어? 그럼 여기 뜰 수도 없겠네. 그렇다면 내 사진을 찍어 가!" 둥실둥실 사해에 떠 있는 모습을 사진 찍을 수 있게 해준 아저씨. 아쉽게도 진흙 경단은 일본으로 가지고 올 수 없었지만, 친절하고 최고로 유쾌한 아저씨였다. / **(스와질란드)** 아프리카 제국은 버스가 발달해 있지 않기 때문에 히치하이킹을 할 수밖에 없었다. 스와질란드에서 남아프리카의 요하네스버그 구간을 히치하이킹해서 도착한 시간은 이미 심야에다가, 요하네스버그는 세계에서 치안이 가장 안 좋은 곳으로 유명한 도시. 주유소 앞에 내려주기는 했는데, 숙소 예약도 하지 않았었기 때문에 어찌 해야 할지 참 난감했다. 주유소 직원에게 숙소를 찾고 있다는 뜻을 전하자 이 부근에는 숙소가 없고, 이런 심야에 이동하는 것도 위험하다고 했다. 의기소침해져 있는 나를 보고 또 다른 여자 직원이, "내 아들이 일본을 좋아하니까 내 일이 끝날 때까지 근처에 있는 우리 집에서 아들과 함께 있어요"라고 말해주었다. 또다음 날 다른 숙소에 데려다준 것은 물론, 혹시 무슨 일 있으면 연락하라며 휴대전화도 건네주었다. 게다가 아프리카를 떠나기 전날에는 가족 모두 모여 맛있는 음식도 해주며 정말 잊을 수 없는 시간을 선물해주었다. 어머니는 헤어질 때 "비록 멀리 떨어져 있어도 우리는 가족이야, 넌 내 아들이고"라고 눈물 흘리며 말해주었다. 그들과는 귀국 후 지금까지도 연락하며 지내고 있다.

이 책을 만든
세계 일주자 **50**인

I could do it ! You can do it !

※연령은 세계 일주 당시입니다.

이름 / 요시베 에리코 **나이** / 만 29세 **방문국 수** / 33개국
기간 / 2010.1.-2011.1. **예산** / 300만 엔
수단 / 세계 일주 항공권 (원월드)

Q. 세계 일주를 하고 버리게 된 것은?

A. 자신에게 엄격했던 나. 물질적인 가치관.

Q. 앞으로 어떻게 살아가고 싶은가?

A. 진짜 소중한 것을 소중히 하고 , 쓸모없는 것은 버리
고 싶다. 심플하게 살아가고 싶다.

이름 / 이가라시 쓰카사 **나이** / 만 22세 **방문국 수** / 20개국
기간 / 2011.5.-2011.12. **예산** / 80만 엔
수단 / LCC

Q. 세계 일주가 어떤 시간이었나?

A. 내 인생의 터닝 포인트

Q. 세계 일주의 테마는 무엇이었나?

A. 세계의 자연을 자신의 힘으로 느끼는 것

Q. 앞으로 어떤 식으로 살아가고 싶나?

A. 항상 도전하며 살아가고 싶다.

< 세계 일주를 떠나기 전 준비해둘 것 100가지 > 1. 돈 모아두기 / 2. 비자 취득하기 / 3. 항공권 예약하기 / 4. 휴학 수속하기
/ 5. 여권 취득하기 / 6. 국제면허증 취득하기 / 7. 해외여행자보험 가입하기 / 8. 신용카드 만들기 / 9. 국제현금카드 만들기

이름 / 다카기 히로키 나이 / 만 23세 방문국 수 / 21개국
기간 / 2012.6.~2013.12. 예산 / 45만 엔
수단 / LCC, 히치하이킹

Q. 세계 일주를 하게 된 이유는?
A. 일본을 객관적으로 보고 싶었다.
Q. 세계 일주를 하며 얻은 것은?
A. 그 무엇과도 바꿀 수 없는 경험, 영어, 세계 곳곳에 있는 친
   구들, 그리고 해외에 살며 일하는 것이 딴 세상 이야기가 아
   니라 나도 할 수 있다는 선택사항이 된 것

이름 / 사이토 쿄코 나이 / 만 22세
방문국 수 / 17개국 기간 / 2010.8.~2010.10.
예산 / 100만 엔 수단 / 세계 일주 항공권 (원월드)

Q. 세계 일주가 어떤 시간이었나?
A. 자신에 대해 정말 많이 생각할 수 있었던 시간. 사이토 쿄
   코라고 하는 나, 22세의 대학생이라는 나, 일본인인 나,
   세계의 다양한 사람들 속에 있는 나, 일본에만 있었다면
   절대 생각할 수 없었던 나

이름 / 사쿠라이 쇼고 나이 / 만 21세 방문국 수 / 19개국
기간 / 2009.10.~2010.2. 예산 / 80만 엔
수단 / 세계 일주 항공권 (원월드)

Q. 세계 일주를 하고 버리게 된 것은?
A. 얻은 것밖에 없다.
Q. 세계 일주가 어떤 시간이었나?
A. 신선함의 연속
Q. 세계 일주의 테마는 무엇이었나?
A. 새로워질 수 있는 첫걸음

10. 예방접종 하기 / 11. 여행 첫날의 호텔 예약해두기 / 12. 휴대전화 해약하기 / 13. 국제 학생증 발급받기 / 14. 여행에 가
져가지 않을 것들은 부모님께 맡겨두기 / 15. 갈 나라, 경로 어느 정도 정하기 / 16. 여행의 테마나 스타일 정하기 / 17. 블로

이름 / 야마구치 타쿠야 나이 / 만 21세 방문국 수 / 21개국
기간 / 2009.9.~2010.3. 예산 / 150만 엔
수단 / 세계 일주 항공권 (원월드)

Q. 세계 일주를 하고 얻은 것은?

A. **희노애락**

Q. 세계 일주의 테마는 무엇이었나?

A. **세계와 일본의 가교 만들기**

Q. 앞으로 세계 일주에 나서는 사람에게 한마디 한다면?

A. **연애와 마찬가지로 안 하는 것보다 하는 것이 낫다.**

이름 / 시노하라 켄이치 나이 / 만 21세 방문국 수 / 21개국
기간 / 2010.11.~2011.7. 예산 / 60만 엔
수단 / LCC

Q. 세계 일주가 어떤 시간이었나?

A. **인생의 축소판. 나쁜 일이 일어나면 그 뒤 좋은 일이
일어난다. 인생과 마찬가지로.**

Q. 앞으로 어떻게 살아가고 싶은가?

A. **타인은 속일 수 있어도 자신을 속일 수는 없다. 항상
자신에게 솔직한 삶을 살고 싶다.**

이름 / 고야스 코우지 나이 / 만 30세 방문국 수 / 35개국
기간 / 2003.7.~2004.7. 예산 / ?
수단 / 세계 일주 항공권 (원월드)

Q. 세계 일주를 하고 얻은 것은?

A. **자신감과 우정 그리고 사업 계획**

Q. 세계 일주를 하고 버리게 된 것은?

A. **나라나 인종에 대한 편견**

Q. 앞으로 어떻게 살아가고 싶은가?

A. **세계와 일본을 잇는 가교 역할을 하고 싶다. 세계
곳곳에 일본의 매력을 전하고 싶다.**

그 개설하기 / 18. 해외에 있는 친구에게 다시 한 번 연락해두기 / 19. 카우치 서핑(couch surfing)에 등록하고, 해외 호스트
에게 메일 보내놓기 / 20. 가방 준비하기 / 21. 양념 준비하기 / 22. 고추장 등 밑반찬 준비하기 / 23. 아끼는 것은 빼고, 필요

이름 / 고야마 아이 **나이** / 만 21세 **방문국 수** / 11개국
기간 / 2012.2.~2012.1. 1 **예산** / 100만 엔
수단 / 세계 일주 항공원 (원월드)

Q. 세계 일주를 하고 버리게 된 것은?
A. **깔려 있는 레일 위를 가던 삶, 타인과 비교하는 것**
Q. 세계 일주가 어떤 시간이었나?
A. **깔려 있는 레일에서 벗어나 스스로 레일을 깔게 된**
   시간, 무엇이든 스스로 결정해야 하는 시간의 연속

이름 / 고비야시 레이지 **나이** / 만 20세 **방문국 수** / 48개국
기간 / 2010.5.~2011.3. **예산** / 69만 엔
수단 / LCC

Q. 세계 일주를 하고 버리게 된 것은?
A. **시작하기도 전에 걱정하고 두려워했던 것**
Q. 세계 일주가 어떤 시간이었나?
A. **'혼자'가 아닌 '한 사람'이 된 시간, 모두에게 위**
   로와 격려를 받는다는 사실을 처음 실감한 시간,
   돌아갈 곳이 있기에 과감히 떠날 수 있었던 시간

이름 / 마쓰나가 타카유키 **나이** / 만 20세 **방문국 수** / 20개국
기간 / 2010.9.~2011.3. **예산** / 120만 엔
수단 / 세계 일주 항공권 (원월드)

Q. 세계 일주를 하고 얻은 것은?
A. **진취적인 에너지**
Q. 세계 일주를 하고 버리게 된 것은?
A. **소극적인 성향**
Q. 세계 일주가 어떤 시간이었나?
A. **'나에게 있어 진정한 행복이란 무엇인가'를 생각**
   하게 한 시간

이름 / 가미야마 야스시 **나이** / 만 21세 **방문국 수** / 13개국
기간 / 2009.4.~2010.3. **예산** / 45만 엔
수단 / LCC, 도보, 자전거

Q. 세계 일주를 하고 버리게 된 것은?
A. 마음속에 간직해왔던 부자가 되고 싶다는 꿈
Q. 세계 일주가 어떤 시간이었나?
**A. 눈앞에 펼쳐지는 모든 것이 즐거움. 어려운 순간에도
생각을 바꾸면 믿을 수 없을 만큼 마음이 편안해진 시간**

이름 / 스자와 유우 **나이** / 만 27세 **방문국 수** / 26개국
기간 / 2010.6.~2011.4. **예산** / 230만 엔
수단 / 세계 일주 항공권 (원월드)

Q. 세계 일주가 어떤 시간이었나?
**A. 몇 번이고 포기하고 돌아가고 싶어도 되돌릴 수 없
었던 시간, 지금까지의 인생에서 그 어느 때보다
충실할 수 있었던 시간**
Q. 앞으로 어떻게 살아가고 싶은가?
**A. 무언가 하고 싶다는 생각이 들면 주저 없이 하고
싶은 것을 하며 살아가고 싶다.**

이름 / 니시가키 료이치 **나이** / 만 20세 **방문국 수** / 13개국
기간 / 2007.9.~2008.5. **예산** / 135만 엔
수단 / 세계 일주 항공권 (원월드)

Q. 세계 일주를 하게 된 이유는?
**A. 친구가 "해외로 나갈래? 세계 일주 어때?"라고
권유해서**
Q. 세계 일주를 하고 버리게 된 것은?
A. 고집
Q. 앞으로 어떻게 살아가고 싶은가?
**A. 사회에 적응하지 않은 채 나답게 살아가는 것도
괜찮을 것 같다고 생각한다.**

스웨트 (분말) 준비하기 / 32. 화장품 준비하기 / 33. 콘택트렌즈로 할지, 안경으로 할지 정하기 / 34. 여행하며 읽을 책 준비
하기 / 35. 세계 일주 카페 등에 가입하기 / 36. 세계 일주 카페 사람들 만나러 가기 / 37. 세계 일주를 하고 있는 사람의 블로

I could do it ! You can do it !

이름 / 니시가와 타케시 나이 / 만 21세 방문국 수 / 18개국
기간 / 2009.9.~2010.9. 예산 / 100만 엔
수단 / 세계 일주 항공권 (원월드)

Q. 세계 일주를 하고 얻은 것은?
A. 무언가 시작하기도 전에 두려움에 앞으로 나아가지
   못했는데 , 이제 그 너머에 꿈이 있음을 알게 되었다.
Q. 세계 일주가 어떤 시간이었나?
A. 많은 만남이 있었던 시간. 그 안에서 내가 처음으로
   꿈의 한 조각을 이뤄낸 순간. 만일 내가 내일 죽는다
   해도 그 순간들을 떠올리며 웃을 수 있을 것 같다.

이름 / 오오야 스리 나이 / 만 28세 방문국 수 / 15개국
기간 / 2009.11.~2010.4. 예산 / 380만 엔
수단 / 세계 일주 항공권 (원월드)

Q. 세계 일주를 하게 된 이유는?
A. 모든 것을 다시 시작하고 싶었다.
Q. 세계 일주를 하고 얻은 것은?
A. 아이라는 선물
Q. 세계 일주의 테마는 무엇이었나?
A. 가족이나 타인과의 유대 관계를 재인식하는 것

이름 / 오오타니 케이코 나이 / 만 29 세 방문국 수 / 30 개국
기간 / 2009.5.~2010.5. 예산 / 300만 엔
수단 / 세계 일주 항공권 (스타얼라이언스)

Q. 세계 일주를 하고 버리게 된 것은 ?
A. 자신이 정해놓았던 상식
Q. 세계 일주가 어떤 시간이었나 ?
A. 나에게 있어서 꿈을 이루었던 시간
Q. 세계 일주의 테마는 무엇이었나 ?
A. 일단 가보자 ! 무조건 해보자 !

이름 / 오오사와 타쿠노리 , 미야사카 사유미 **나이** / 만 31, 30세
방문국 수 / 50개국 **기간** / 2010.12.~2013.6.
예산 / 230만 엔 **수단** / LCC, 버스, 전철. 배

Q. 세계 일주가 어떤 시간이었나 ?
**A. 현실도피라고 생각할 수도 있지만 , 세계 곳곳에서
다양한 것을 보고 체험하고 사람을 만날 수 있었던 시
간. 앞으로의 인생을 분명 충실히 살아갈 수 있게 해
줄 시간**

이름 / 다케우치 히데아키 **나이** / 만 20세 **방문국 수** / 20개국
기간 / 2009.9.~2010.3. **예산** / 150만 엔
수단 / 세계 일주 항공권 (원월드)

Q. 세계 일주를 하고 버리게 된 것은 ?
**A. 무언가에 의지하는 마음. 흔히 "인생은 힘든 거
야"라고 말하지만, 인생은 의외로 견딜 만하다.
아무것도 없어도 어떻게든 될 거라고 생각한다.**
Q. 앞으로 어떻게 살아가고 싶은가 ?
**A. 나에게 아무 대가 없이 사랑을 베풀어주었던 사
람들처럼 따뜻한 마음을 베풀며 살아가고 싶다.**

이름 / 하세베 카즈키 **나이** / 만 21세
방문국 수 / 15개국 **기간** / 2012.5.~2012.11.
예산 / 110만 엔 **수단** / LCC

Q. 세계 일주를 하고 얻은 것은 ?
A. 나 자신의 가능성
Q. 세계 일주를 하고 버리게 된 것은 ?
A. 보잘것없는 자존심
Q. 세계 일주가 어떤 시간이었나 ?
A. 최고의 오락, 인생이란 도화지에 색을 입혀준 시간

라의 문화 접해보기 / 46. 여자 친구나 남자 친구에게 편지 쓰기 / 47. 친구와 배 터지도록 먹고 마시기 / 48. 우리나라 음식 실
컷 먹기 / 49. 빠진 것이 없는지 다시 한 번 체크하기 / 50. 현지에서 선물로 줄 만한 전통 기념품 챙기기 / 51. 평소에 복용했

이름 / 후지사와 란코 **나이** / 만 22세 **방문국 수** / 13개국
기간 / 2011.10.~2012.1. **예산** / 120만 엔
수단 / 세계 일주 항공권 (원월드)

Q. 세계 일주를 하게 된 이유는?
A. **스스로에게 자극과 흥미를 주고 싶어서**
Q. 세계 일주를 하고 얻은 것은?
A. **세계로 나아가고 싶다는 마음**
Q. 세계 일주를 하고 버리게 된 것은?
A. **겉으로만 좋아 보이려 노력했던 것들**

이름 / 후지와라 루이 **나이** / 만 21세 **방문국 수** / 20개국
기간 / 2011.9.~2012.3. **예산** / 130만 엔
수단 / 세계 일주 항공권 (스타얼라이언스)

Q. 세계 일주를 하고 얻은 것은?
A. **더욱 커지는 호기심**
Q. 앞으로 어떻게 살아가고 싶은가?
A. **알고 싶은 것, 보고 싶은 것, 듣고 싶은 것, 하고 싶은 것을 모두 이루어가는 인생을 만들어가고 싶다.**

이름 / 후지카와 히데키 **나이** / 만 28세 **방문국 수** / 23개국
기간 / 2007.9.~2009.4. **예산** / 150만 엔
수단 / 세계 일주 항공권 (원월드)

Q. 세계 일주를 하고 얻은 것은?
A. **용기 있는 사람만이 인생을 바꿀 수 있다는 깨달음**
Q. 세계 일주를 하고 버리게 된 것은?
A. **무리하며 애쓰는 나**
Q. 앞으로 어떻게 살아가고 싶은가?
A. **손을 움직일 수 있는 한 머리를 자르며 보람되게 살고 싶다.**

던 약으로 상비약 준비하기 / 52. 애인과의 시간 소중히 하기 / 53. 우리나라 일주하기(아무래도 세계로 나서기 전 우리나라를 아는 것이 중요) / 54. 세계 일주를 하고 난 후의 꿈과 야망 주위에 알리기 / 55. 세계 일주를 할 수 있다는 그 자체에 감사하고,

이름 / 후쿠이 아야카 **나이** / 만 22세 **방문국 수** / 18개국
기간 / 2010.10.~2011.3. **예산** / 100만 엔
수단 / 세계 일주 항공권 (원월드)

Q. 세계 일주를 하고 얻은 것은?
A. *거의 모든 타입의 화장실과 난로를 사용하고 다루는 기술*
Q. 앞으로 어떻게 살아가고 싶은가?
A. *삶의 방식이나 사고방식이 확 바뀌었다고는 말할 수 없*
   지만, 여러 나라 사람들에게 받았던 감사한 마음을 어
   떤 형태로든 어딘가에서 보답하며 살아가고 싶다.

이름 / 후쿠다 요시히로 **나이** / 만 21세 **방문국 수** / 29개국
기간 / 2011.12.~2012.9. **예산** / 120만 엔
수단 / LCC, 세계 일주 항공권 (원월드)

Q. 세계 일주가 어떤 시간이었나?
A. *진정한 나와 만나는 시간*
Q. 앞으로 어떻게 살아가고 싶은가?
A. *이제껏 올바른 선택을 하며 살아야겠다고 생각했*
   었는데, 내가 살아 있음을 느낄 수 있는 선택을 하
   며 살아가고 싶다.

이름 / 후쿠자와 유이 **나이** / 만 22세 **방문국 수** / 11개국
기간 / 2012.8.~2012.10. **예산** / 100만 엔
수단 / 세계 일주 항공권 (원월드)

Q. 앞으로 어떻게 살아가고 싶은가?
A. *나에게 소중한 사람들이 더 많이 늘어나도록,*
   그 소중한 사람들을 지킬 수 있도록, 내 아이에게
   "NO"라고 말하지 않도록 자신의 상식 범위를 가
   능한 넓혀가고 싶다.

낳아주신 부모님과 주위 사람들에게 고맙다고 말하기 / 56. 잃을 것은 아무것도 없다. 평소 만날 수 없는 사람 만나러 가기 /
57. 세계 일주라고 하는 도전을 하는 동안 자신만의 룰 정하기 / 58. 앞으로 세계라고 하는 곳에 내팽개쳐질 것에 대비해 내

이름 / 마키 마이 **나이** / 만 27세 **방문국 수** / 25개국
기간 / 2010.9.~2011.2. **예산** / 200만 엔
수단 / 세계 일주 항공권 (원월드)

- -

Q. 세계 일주를 하고 얻은 것은?

A. **실제 가본 사람만이 느낄 수 있는 감동과 성취감**

Q. 세계 일주를 하고 버리게 된 것은?

A. **안정적인 생활**

Q. 세계 일주의 테마는 무엇이었나?

A. **세계의 절경을 내 눈으로 직접 보기**

이름 / 모토야마 타쿠야 **나이** / 만 20세 **방문국 수** / 40개국
기간 / 2011.3.~2012.3. **예산** / 150만 엔
수단 / LCC, 버스 , 배

- -

Q. 세계 일주를 하고 얻은 것은?

A. **한 걸음 뗄 수 있는 자신! 친구들! 다양한 가치관을**
   수용하는 마음! 무수한 선택지! 만남의 즐거움!

Q. 세계 일주를 하고 버리게 된 것은?

A. **일반 상식이라는 개념 ! 일본이라고 하는 틀!**

이름 / 하야시 아오이 **나이** / 만 26세 **방문국 수** / 33개국
기간 / 2010.7.~2011.7. **예산** / 240만 엔
수단 / 세계 일주 항공권 (원월드)

- -

Q. 세계 일주를 하고 얻은 것은?

A. **추억! 여행 친구! 호기심!**

Q. 세계 일주를 하고 버리게 된 것은?

A. **변명만 늘어놓으며 도피하려 했던 나**

Q. 앞으로 어떻게 살아가고 싶은가?

A. **자신의 마음에 귀를 기울이며 솔직하게 살아가고 싶다.**

- -

편이 아무도 없는 곳에 있을 자신 상상해보기 / 59. 나는 전 세계 75 억 인구 중의 하나, 대단하다고 생각하기 / 60. 자신이 살
아가고 있는 의미나 존재 의의에 대해 생각해보기 / 61. 자신의 생각을 블로그나 노트에 남겨두기 / 62. 지리산에 올라가보기

이름 / 후타기 토시히코 나이 / 만 31세 방문국 수 / 34개국
기간 / 2010.3.~2011.4. 예산 / 330만 엔
수단 / LCC, 세계 일주 항공권 (원월드)

Q. 세계 일주를 하고 얻은 것은?

A. **제로에서 시작할 수 있는 용기와 결단**

Q. 세계 일주의 테마는 무엇이었나?

A. **감성과 직감에 따라 솔직하게 행동하는 여행**

Q. 앞으로 어떻게 살아가고 싶은가?

A. **시간은 유한하다. 한 번뿐인 인생이니까 꿈과 목표를 향해 즐겁게 살아가고 싶다.**

이름 / 야마모토 쟈니 나이 / 만 29세 방문국 수 / 36개국
기간 / 2011.11.~2012.11. 예산 / 180만 엔
수단 / LCC

Q. 세계 일주가 어떤 시간이었나?

A. **종합적인 엔터테인먼트**

Q. 세계 일주의 테마는 무엇이었나?

A. **세계 속의 '음식'과 '식문화'를 공부하고, 흡수해 받아들이기**

Q. 앞으로 어떻게 살아가고 싶은가?

A. **세계 일주보다 더 즐겁고, 재미있게 살아가고 싶다.**

이름 / 아카바 미도리 나이 / 만 20세 방문국 수 / 11개국
기간 / 2011.7.~2011.10. 예산 / 90만 엔
수단 / LCC, 세계 일주 항공권 (원월드)

Q. 세계 일주가 어떤 시간이었나?

A. **모든 것의 '계기'**

Q. 세계 일주의 테마는 무엇이었나?

A. **하고 싶다고 생각하는 것 하고, 먹고 싶은 것 먹고, 보고 싶은 것 보기**

Q. 앞으로 어떻게 살아가고 싶은가?

A. **내가 하고 싶다고 생각하는 것을 포기하지 않고 싶다.**

/ 63. 부여, 경주, 한옥마을 등 한국적인 거리에 가보기 / 64. 애인에게 요리해주기 / 65. 히치하이킹 연습해두기 / 66. 여행지에서 만날 친구들 만들기 / 67. 스마트폰에 좋아하는 음악 많이 저장해두기 / 68. 귀국하면 제일 먼저 먹고 싶은 요리 부모님께

이름 / 고이즈미 쇼 **나이** / 만 21세 **방문국 수** / 18개국
기간 / 2009.8.~2010.3. **예산** / 120만 엔
수단 / 세계 일주 항공권 (원월드)

Q. 세계 일주를 하고 버리게 된 것은?

A. 기존의 길에서 벗어날 때의 두려움

Q. 앞으로 어떻게 살아가고 싶은가?

**A. 좋아하는 곳에서 좋아하는 친구와 좋아하는 것을 하며
   살아가고 싶다.**

이름 / 오노 다이키 **나이** / 만 23세 **방문국 수** / 27개국
기간 / 2008.5.~2009.8. **예산** / 220만 엔
수단 / 세계 일주 항공권 (원월드)

Q. 세계 일주를 하고 얻은 것은?

A. 여행하며 만난 사람들

Q. 세계 일주를 하고 버리게 된 것은?

**A. 상대의 기분을 살피느라 정작 나에게 솔직하지
   못했던 마음**

Q. 앞으로 어떻게 살아가고 싶은가?

A. 내 인생을 최고로 즐기고 싶다.

이름 / 후카사와 쥰 **나이** / 만 22세 **방문국 수** / 18개국
기간 / 2012.9.~2013.3. **예산** / 100만 엔
수단 / LCC

Q. 세계 일주가 어떤 시간이었나?

A. 평생의 술 안줏거리

Q. 앞으로 어떻게 살아가고 싶은가?

**A. 세계 여행을 가기 전과 크게 달라진 것은 없지만,
   내가 태어난 이곳에 감사하며 살아가고 싶다.**

요청해두기 / 69. 소중한 사람들에게 이제까지 전하지 못했던 말 하기 / 70. 친구들에게 "안녕, 잘 갔다 올게"라고 전해두기 /
71. 앞으로의 미래에 대해 기대하기 / 72. 일, 취업활동에 대한 걱정 전부 날려버리기 / 73. 자신 안의 세계 리셋하기 / 74. 이

이름 / 후카쓰 료스케 **나이** / 만 24세 **방문국 수** / 23개국
기간 / 2010.2.~2011.4. **예산** / 200만 엔
수단 / 세계 일주 항공권 (원월드)

Q. 세계 일주를 하고 얻은 것은?

A. 특별하게 없다. 세계 일주가 별것 아니라고 느낀 것이 최고.
하지만 여행 중 만났던 친구들은 분명 소중한 재산

Q. 세계 일주가 어떤 시간이었나?

A. 오늘은 어떤 즐거움이 생길지 기대되는 휴일 같았던
시간. 뭐든 스스로 결정해야 하는 시간의 연속

이름 / 시미즈 나오야 **나이** / 만 21세 **방문국 수** / 13개국
기간 / 2009.11.~2010.2. **예산** / 70만 엔
수단 / 세계 일주 항공권 (원월드)

Q. 세계 일주를 하고 버리게 된 것은?

A. 일본에서 20년간 살면서 얻은 딱딱하게 굳어버린
상식이나 가치관

Q. 세계 일주가 어떤 시간이었나?

A. 나를 찾아가는 시간, 지금까지 경험하지 못했던
가치관과 만나며 자신을 바라볼 수 있었던 시간

이름 / 이코마 미키, 고헤이 **나이** / 만 27, 27세
방문국 수 / 48개국 **기간** / 2009.6.~2010.10.
예산 / 200만 엔 **수단** / LCC, 버스, 철도

Q. 세계 일주를 하고 얻은 것은?

A. 딸에게도, 미래의 손자에게도 들려줄 많은 추억
과 즐거운 시간, 엄마에게 감사하는 마음

Q. 세계 일주가 어떤 시간이었나?

A. 내가 어떻게 하느냐에 따라 달라질 수 있었던 굉
장히 소중한 시간

제껏 도전해보지 못한 펑키스타일의 머리 해보기 / 75. 출발하기까지의 날수, 시간 카운트다운 하기 / 76. 할아버지, 할머니께
여행 가는 일 알리기 / 77. 꿈이 이루어지기 직전의 마음 느껴보기 / 78. 여행하며 있을 법한 모든 것을 상상하며 두근두근하고

이름 / 마에다 루이 나이 / 만 22세 방문국 수 / 19개국
기간 / 2010.5.~2010.8. 예산 / 100만 엔
수단 / 세계 일주 항공권 (원월드)

Q. 세계 일주를 하고 얻은 것은?
A. 자신의 꿈이 이루어질 수 있다는 자신감
Q. 세계 일주가 어떤 시간이었나?
A. 살아가고 있는 것이 아닌 , 살아 있다고 느낀 시간
Q. 세계 일주의 테마는 무엇이었나?
A. 유학 (留學) × 유학 (流學)

이름 / 아이카와 레이미 나이 / 만 20 세 방문국 수 / 19 개국
기간 / 2010.8.~2010.10. 예산 / 25만 엔
수단 / 피스보트

Q. 세계 일주를 하고 얻은 것은?
A. 친구, 꿈, 시간
Q. 세계 일주가 어떤 시간이었나?
A. 자신에 대해 잘 알게 된 시간
Q. 앞으로 어떻게 살아가고 싶은가?
**A. 스스로의 감정에 솔직하고, 평생 꿈을 향해 노력
   하며 살아가고 싶다.**

이름 / 도이 미호 나이 / 만 20세 방문국 수 / 12개국
기간 / 2010.2.~2010.3. 예산 / 90만 엔
수단 / 세계 일주 항공권 (원월드)

Q. 세계 일주의 테마는 무엇이었나 ?
**A. 세계 일주 그 자체가 목적이고 테마였다. 가고 싶은 마
   음만 있다면 그것으로 OK!**
Q. 앞으로 어떻게 살아가고 싶은가 ?
**A. 해보지 않고 후회하기보다는 해보고 후회하고, 내 감
   정을 소중히 하며 살아가고 싶다 .**

불안하고 설레는 감정 느껴보기 / 79, '그곳에서 듣고 싶은 플레이리스트' 만들기 / 80. 마음껏 두근거려보기 / 81. 여행의 이
름 붙여보기 / 82. 체력 보강하기 / 83. 부모님과 식사하기 / 84. 마음껏 자두기 / 85. 출발 전의 흥분된 마음을 일기로 남겨두

이름 / 기무라 히로키 **나이** / 만 22세 **방문국 수** / 17개국
기간 / 2010.6.~2011.3. **예산** / 120만 엔
수단 / LCC, 세계 일주 항공권 (원월드)

Q. 세계 일주를 하고 얻은 것은?
A. 무엇이든 해보는 도전정신
Q. 세계 일주를 하고 버리게 된 것은?
A. 내 주변의 모두에게 감사하지 못했던 자신
Q. 세계 일주의 테마는 무엇이었나?
A. 미지의 세계를 향한 도전

이름 / 다나카 잇세이 **나이** / 만 18세 **방문국 수** / 22개국
기간 / 2010.5.~2011.4. **예산** / 150만 엔
수단 / LCC

Q. 세계 일주가 어떤 시간이었나?
**A. 자신을 찾는 시간이 아닌, 이미 존재하고 있던 자신
을 드러내며 객관적으로 볼 수 있었던 시간**
Q. 세계 일주의 테마는 무엇이었나?
A. 이 세상에서 자신이 설 곳을 찾아가는 것

이름 / 야마시로 슈고 **나이** / 만 21세 **방문국 수** / 20개국
기간 / 2010.1.~2010.8. **예산** / 110만 엔
수단 / 세계 일주 항공권 (스타얼라이언스)

Q. 세계 일주를 하고 얻은 것은?
**A. 해보면 의외로 쉽다는 깨달음. 사실 여행을 시작
할 무렵에는 도중에 돌아올지도 모르겠다고 생각
했다. 하지만 처음 한 걸음을 내딛어버리면 의외로
가능한 것들이 많았다. 이렇게 생각할 수 있게 된
것이 내게 있어 가장 큰 수확이다.**

기 / 86. 친구에게 이메일이나 편지 보내기 / 87. 페이스북이나 인스타그램으로 "여행을 떠납니다"라고 포스팅 하기 / 88. 편
지 보낼 주소지 모아두기 / 89. 마음 있는 사람에게 "좋아해"라고 말하기 / 90. 출발하는 날 면도하고, 귀국 때까지 면도하지 않

이름 / 기타 사쿠라고 **나이** / 만 24세 **방문국 수** / 23개국
기간 / 2010.7.~2011.7. **예산** / 50만 엔
수단 / 세계 일주 항공권 (원월드)

Q. 세계 일주가 어떤 시간이었나?

A. **내가 '살아 있음'을 실감한 최고로 값진 시간**

Q. 세계 일주의 테마는 무엇이었나?

A. **진정한 행복 찾기**

Q. 앞으로 어떻게 살아가고 싶은가?

A. *One day one life, Everyday new day*(매일이 새로운 인
의 시작)

이름 / 가쿠타 나오키 **나이** / 만 24 세 **방문국 수** / 15개국
기간 / 1998.5.~1998.11. **예산** / 120만 엔
수단 / 세계 일주 항공권 (서울발 싱가포르항공 이용)

Q. 세계 일주를 하고 얻은 것은?

A. **세계 표준의 가치관, 살아가는 기쁨**

Q. 세계 일주를 하고 버리게 된 것은?

A. **편협적인 가치관이나 쓸데없는 자존심, 과거의 허상이나 꿈**

Q. 세계 일주가 어떤 시간이었나?

A. **자신의 본질과 꿈을 찾아간 시간**

이름 / 하카마다 다이스케 **나이** / 만 21세 **방문국 수** / 27개국
기간 / 2009.4.~2010.2. **예산** / 150만 엔
수단 / 세계 일주 항공권 (원월드)

Q. 세계 일주를 하고 버리게 된 것은?

A. **집 안에 틀어박혀서만 지내던 자신**

Q. 세계 일주가 어떤 시간이었나 ?

A. **꿈을 찾아가고 이루어가는 시작**

Q. 앞으로 어떻게 살아가고 싶은가 ?

A. **좋아하는 사람과 함께 할 두 번째 세계 일주를 손꼽아
기다리며 지금 이 순간을 소중히 살아가고 싶다.**

기 / 91. 자신이 살고 있는 동네 모습 영상에 담아두기 / 92. 일상의 모습 영상에 담아두기 / 93. 가족에게 편기 쓰기(조금은 쑥
스럽지만) / 94. 비행기 시간 다시 확인해두기 / 95. 친구와 한 손에 맥주를 들고 밤새 이야기 나누기 / 96. 가족사진 찍어두기

이름 / 요시다 유우키 나이 / 만 26세 방문국 수 / 50개국
기간 / 2007.9.~2010.5. 예산 / 250만 엔
수단 / LCC, 버스, 전철, 배

Q. 세계 일주를 하고 얻은 것은?
A. 추억, 친구, 행복, 자신감
Q. 세계 일주를 하고 버리게 된 것은?
A. 이제까지 목매던 직장에서의 지위
Q. 세계 일주가 어떤 시간이었나?
A. 최고의 오락

이름 / 구로이와 나오키 나이 / 만 20세 방문국 수 / 25개국
기간 / 1994.10.~1995.4. 예산 / 50만 엔
수단 / 비행기, 육로

Q. 세계 일주가 어떤 시간이었나?
A. 청춘의 한 페이지이자, 여행의 한 형태
Q. 앞으로 세계 일주에 나서는 사람에게 한마디 한다면?
A. 인생을 살면서 한 번쯤은 내가 태어난 나라를 떠나 '긴 여행'을 하기로 한 것에 대해 마음 깊이 대찬성! "어때, 가보는 거야!"

이름 / 고지마 쇼타 나이 / 만 21세 방문국 수 / 20개국
기간 / 2011.7.~2011.12. 예산 / 100만 엔
수단 / 세계 일주 항공권 (원월드)

Q. 세계 일주를 하게 된 이유는?
A. 아무것도 이루어놓은 것 없이 대학 생활이 끝나버린다는 사실이 굉장히 초조했었다. 그리고 또 다른 이유는 내가 부모가 되었을 때 자식이 부푼 마음을 갖고 세계로 나아갈 수 있도록 내 경험담을 들려주고 싶었다.
Q. 세계 일주를 하고 얻은 것은?
A. '모든 것은 하느냐 안 하느냐의 차이일 뿐'이라는 것을 알게 된 것

97. 친구에게 "네 생일에 지구 반대편에서 축하해줄게"라고 폼 잡기 / 98. 마지막으로 한 번 더 공항에서 우리나라 음식 먹기 / 99. 지금까지의 인생과 앞으로의 인생에 대해 생각하기 / 100. 티켓 쥐고 비행기 타기 / 그럼, 조심해서 잘 다녀오길!

〈세계 일주 여행자 설문조사〉

'세계 일주, 가고 싶기는 한데 정말 가도 괜찮을까? 정말 나도 할 수 있을까?'
그런 불안을 조금이라도 줄여주기 위해
50인의 세계 일주 여행자들에게 설문조사 문답을 받았습니다.

Q. 준비를 시작한 때는?

- 그 이상 전 10%
- 1개월 전 21%
- 7~12개월 전 17%
- 2~3개월 전 26%
- 4~6개월 전 26%

기본적으로 출발하기 1년 전부터 준비를 시작하는 사람이 많은 듯하다. 세계 일주는 의외로 먼 미래의 꿈이 아닌 실현 가능한 것일지도 모른다.

Q. 여행을 나선 나이는?

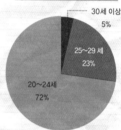

- 30세 이상 5%
- 25~29세 23%
- 20~24세 72%

20대가 95퍼센트를 차지했다. 세계 일주를 떠난다면 언젠가가 아닌 바로 지금. 많은 세계 일주 여행자들이 "간다면 하루라도 빠른 것이 좋다"고 말한다.

Q. 해외로 여행을 간 것은 몇 번째?

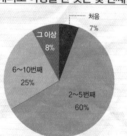

- 처음 7%
- 그 이상 8%
- 6~10번째 25%
- 2~5번째 60%

보통 몇 차례 해외여행을 가본 경험이 있는 정도다. 그중에는 처음 해외로 나간 사람도 있었다! 세계 일주가 여행을 많이 해본 자만의 것은 아닌 듯하다.

Q. 여행 경비 예산은?

- 300만 엔 이상 4%
- 50만 엔 이하 4%
- 300만 엔 이하 11%
- 100만 엔 이하 33%
- 200만 엔 이하 48%

'100만 엔 이하'라고 대답한 사람이 37%, 단기간이라면 그보다 적은 돈으로도 가능하다는 말이다. 그렇게 생각하면 당신이 떠나게 될 날도 멀지 않았다.

Q. 여행을 가기 전 영어 실력은?

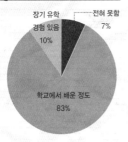

- 전혀 못함 7%
- 장기 유학 경험 있음 10%
- 학교에서 배운 정도 83%

대부분의 사람들이 특별하게 영어를 잘하는 것은 아니다. 영어를 잘 못해서 못 간다는 변명은 하지 말자.

Q. 영어는 공부했나?

- 기타 5%
- 단기 유학 24%
- 국내에서 공부 16%
- 별도로 공부하지 않음 55%

약 40%에 가까운 사람이 영어 공부를 하고 갔다.
영어를 잘하는 만큼 여행의 질이 올라간다는 것은 부인할 수 없는 사실이다.

Q. 직장과 학교는 어떻게 했나?

- 기타 16%
- 회사를 그만둠 32%
- 학교를 유급함 5%
- 학교를 휴학함 47%

회사원들은 상당수가 직장을 그만두고, 학생들 역시 휴학을 많이 했다. 1년의 공백기 정도는 크게 신경 쓰지 않아도 되는 듯하다.

Q. 귀국 후 계획은 있었나?

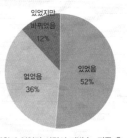

- 있었지만 바뀌었음 12%
- 있었음 52%
- 없었음 36%

계획이 있었던 사람이 과반수. 귀국 후에 무엇을 할지 조금이라도 계획을 세워두는 편이 여행을 하면서도 더 의의가 있을 것 같다.

Q. 세계 일주 기간은?

- 2년 이상 5%
- 3개월 미만 5%
- 1~2년 26%
- 3~6개월 26%
- 6개월~1년 38%

3개월, 6개월, 1년, 그 이상 등 세계 일주 기간은 다양하다. 자신에게 맞는 기간으로 계획을 짜보자.

Q. 방문국 수는?

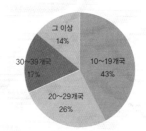

- 그 이상 14%
- 10~19개국 43%
- 30~39개국 17%
- 20~29개국 26%

최하 10개국. 체재 일수를 짧게 하고 방문국 수를 늘릴지, 나라 수를 줄이고 체재 일수를 늘릴지 고민해보자.

세계 일주 정보

'세계 일주 항공권이란?'

'세계 일주 항공권'이라는 티켓이 있다는 사실을 알고 있나요?
여행자들 중에는 이 항공권의 존재를 알게 된 후 세계 일주 여행을
결심한 사람도 많습니다.

출발지에서 세계를 둘러보고 돌아오기까지의 연속된 항공권 세트
를 세계 일주 항공권이라고 합니다.
경로는 기본적으로 서쪽일지, 동쪽일지를 정해 한 방향으로 돌게
됩니다.
유효기간은 1년간(일부 예외 있음). 이를 제공하고 있는 주된 항공사
그룹은 원월드, 스타얼라이언스, 글로벌 익스플로러 세 곳입니다.

항공사 그룹이 제공하고 있는 세계 일주 항공권은 각각의
특징이 있습니다.
장단점이 있기 때문에 확실하게 정보 수집을 하고 선택해
야 합니다.
또한 최근에는 LCC라고 하는 저렴한 항공사의 항공권 등을
이용해 세계 일주를 하는 사람들도 늘고 있기 때문에 이쪽
도 포함해 검토해보는 것이 좋겠습니다.

have a nice journey !

편집 후기

제가 세계 일주를 한 것은 4년 전. 당시 대학교 4학년이었던 저의 대학 생활은 평범하기 그지없었습니다. 축구부에 소속되어 있었기 때문에 1년 중 절반은 녹색 그라운드를 누비며 흑백 공만 쫓아 달리고, 턱걸이로 학점을 딸 정도로만 수업을 들었고, 성적도 그저 그랬습니다. 프로축구 선수가 될 수 있는 것도 아니었고, 꿈도 없었기 때문에 취직할 곳도 없었습니다. 저에게는 정말 아무것도 없었습니다. 무언가 바꾸고 싶었습니다. 정말 평범하고 별 볼일 없는 대학생이었던 저를 바꿔준 것이 여행이었습니다.

그때 인도에서 만났던 소년과 친해지지 않았더라면 지금의 제 생각이 틀렸다고 생각했을지도 모릅니다. 그때 사우디아라비아 사람과 싸우지 않았더라면 지금처럼 제 나라를 좋아하게 되지 않았을지도 모릅니다. 그때 사하라 사막에서 혼자 생각하던 시간이 없었다면 저는 기업에 취직할 생각조차 하지 않았을지 모릅니다. 그때 같은 세대의 여행자들을 만나지 않았다면 저는 지금 이렇게 여행의 좋은 점을 널리 알릴 생각조차 하지 못했을 것입니다.

"세계 일주를 하면 인생이 바뀌나?"
"그때 여행을 떠나지 않았다면 인생이 전혀 다른 방향으로 나아갔을 것 같아?"

솔직히 여행을 간다고 해도 여행의 좋은 점을 바로 실감하지는 못할지도 모릅니다. 저도 그랬었습니다. 하지만 세계 일주를 하고 귀국해서 4년이 지난 지금, 저의 인생은 그때를 계기로 바뀌었다고 생각합니다.

마지막으로 많은 사람들에게 감사의 마음을 전하고 싶습니다. 이 책은 50인의 세계 일주 경험자 분들의 생각을 담아 완성되었습니다. 바쁜 와중에도 모두가 한마디 불평 없이 여러 가지로 협력을 해주었습니다. 50인 각각의 생각이 가능한 많은 사람들에게 전해지길 바라는 마음뿐입니다. 진심으로 아낌없이 협력해준 여러분들에게 감사합니다.
이 책이 많은 사람들에게 '여행을 향해 한 걸음 내딛을 수 있는 계기'가 되어준다면 참 기쁠 것 같습니다.

시즈미 나오야

photo by 아마카와 나쓰키

두렵기도 했지만,
떠나길 잘했어

1판 1쇄 인쇄 2018년 11월 30일
1판 1쇄 발행 2018년 12월 10일

지은이 TABIPPO
옮긴이 한양희
펴낸이 이경수

책임편집 권영선
디자인 썬더버드 디자인팀
인 쇄 길훈씨앤피 **세 무** 세무법인 세강

발행처 썬더버드 등록 2014년 9월 26일 제 2014-000010호
주 소 서울특별시 영등포구 선유로33길 2-2 **전 화** 02 6396 2807 **팩 스** 02 6442 2807

ISBN 979-11-963620-5-8 03830

값은 뒤표지에 있습니다.
잘못된 책은 구입하신 곳에서 바꾸어드립니다.
홈페이지 www.tbbook.co.kr